모난집

완벽하지 않아도 무너져 내리지 않을 집이 필요했다

모난집

구본아 지음

바른북스

추천사

저는 구본아 작가를 초등학교 4학년 때 담임으로 지도했던 초등 교사입니다. 제가 본아를 지도하면서 가장 자주 했던 일은 본아가 쓴 꿈 이야기를 읽고 답을 달아주는 것이었습니다. 사실 당시에는 어린이가 쓴 다듬어지지 않은 이야기에 답을 남겨주는 간단한 일이라고만 생각했습니다. 맞춤법을 조금 봐주고 글을 읽는 사람이 더 잘 이해할 수 있게끔 문장을 다듬는 기초적인 국어 지도 활동이었죠. 하지만 그때의 관심과 애정이 조금의 거름이 되어 본아 안에서 이렇게 멋진 창작 능력을 꽃피울 줄은 전혀 몰랐습니다. 그때 이후 7년을 더 성장한 본아가 본인의 소설을 들고 저에게 추천하는 글을 부탁한 것입니다.

평소에 제가 소설에 대해 깊이 있는 공부를 한 것이

아니고 어린이들 글 정도만 퇴고하는 실력이다 보니 사실 소설에 대해 깊이 있는 평가와 조언을 본아 작가에게 주기는 어려웠습니다. 다만 이 글의 초입에 있는 독자분들께 이 말씀은 드릴 수 있을 것 같습니다.

"이제 막 가꾸기 시작한 정원 같은 소설이다." 처음 가꾼 정원은 아직 풀도 들쑥날쑥하고 꽃도 일정하게 심겨 있지 않을 겁니다. 하지만 이제 기르기 시작한 만큼 특유의 싱그러움과 식물들의 향기가 넘치죠. 그리고 지금 시작된 정원이 어떻게 변모할지 궁금하게 만듭니다.

《모난집》에 나오는 인물들에게도 싱그러운 향기가 난다고 생각합니다. 어디로 갈지 모르고, 깎이고 고통받는 시간을 겪으며 성장하죠. 그러면서도 자신들의 진정한 집이 무엇인지 고민하고 자신들의 집을 위한 여정을 떠납니다. 여러분도 이 인물들이 집을 찾는 여정을 행복하게 즐기셨으면 좋겠습니다.

아울러 지금도 자신의 정원을 아름답게 꾸미고 있을 본아 작가에게도 깊은 격려를 보냅니다.

- 김규홍 드림

작가의 말

집의 의미, 생각해 보신 적 있나요?

집에 도착하는 것은 누구에게나 기분 좋은 일이다. 집 앞의 비밀번호를 누르고 약간의 정적과 함께 도착한 고요한 나의 집. 나는 그제야 긴장을 풀고, 모의고사 시험지나 문제집, 교과서로 가득 찬 내 가방을 내려놓는다. 나에게 집은 여러 가지를 의미한다. 가문, 마음의 고향, 가정, 따뜻한 분위기 그리고 가족. 단지 내가 쉴 수 있는 주거지 그 이상을 의미한다.

그러나 현대의 바쁜 대부분의 사람은 그 집의 의미를 잊고, 한편에 외로움과 우울함을 지고 산다. 나만 해도 고등학교에 들어갔다는 긴장 아래에, 대치동에서 거의 모든 생활을 보냈다. 매번 오전 7시쯤 집에 나가서 오후 11시쯤 집에 들어오는 나는, 어느 순간부터 집에 대한 흥미와 관심을 잃어버렸다. 소통의 단절은 결국 관계의 단절을 불러왔다. 집은 나에게 결국 좋지 않은, 불편한 곳이 되어버렸다. 나 역시 바쁜 생활에 지쳐서 1년을 그렇게 불안정한 정신 상태로 보낸 것 같다.

겨울방학은 여러 방면으로 나에게 의미 있는 시간이었다. 문과로 바꾸게 되면서 집에서 지내는 시간을 늘렸다. 공부 시간은 그대로 유지하며 아침에 간단히 밥을 먹거나, 일주일에 몇 번, 시간을 내어 저녁 시간은 집에서 쉬었다.

집은 더 이상 사람이 없는, 쥐 죽은 듯한 곳이 아니었다. 따뜻하고 역동적이며 계속해서 변하고 움직이는 곳이었다.

이유 모를 외로움과 우울함 또한 저절로 사라졌다.

나는 바보같이 약을 상자에 두고, 상자를 쥐고 다니며 병에 대한 약을 찾으러 모험을 떠난 꼴이었다.

주인공 '솔'은 비록 과거의 인물이지만, 현대인과 비슷한 점이 많다. 그녀에게는 내가 지닌 집의 의미 중 그 무엇도 가지고 있지 않다. 또한 그녀의 주변인 모두 알 수 없는 결핍을 느끼며, 각자 다른 이유로 집을 그리워한다.

"집에 가고 싶다."는 말을 매일 반복하지만, 정작 집에서는 행복하지 않은 현실. 그 질문에서 이 소설은 시작되었다.

그럼, 나는 집을 잃은 건가? 나는 나를 '집을 찾아가는 사람'으로 정의했다. 세상에는 여러 종류의 '집을 찾아가는 사람'들로 가득할 거라 생각한다.

이 책은 집을 찾아가는 사람들을 위한 소설이다.

소설 출간까지 함께해 주신 모든 사람들께 감사의 인사를 전합니다.

절 끝까지 믿어주신 부모님, 첫 초고를 봐주고 제 첫 독자가 되어준 친구, 처음으로 소설 출판을 권유해 준 친구, 출판 과정에서 힘들 때마다 좋은 말을 해준 친구들과 가족들, 표지 일러스트를 그려주신 작가님, 와디즈 스토리보드 작업을 도와준 동생, 꿈을 만들어 준 한정석 각본가님과 박천휴 각본가님, 추천사를 적어주시고 제 꿈을 키워주신 김규홍 선생님, 기쁜 마음으로 제 책을 구매해 주신 중학교, 고등학교 선생님, 출판의 꿈을 이루어주신 바른북스 출판사, 그리고 펀딩에 참여한 모든 서포터분들께 감사 인사를 전합니다.

그럼, 여러분들을 이제 19세기 영국으로 초대하겠습니다.

프롤로그

집을 잃었는가.

집을 찾아가고 있는가.

어쩌면 모든 사람이 집을 잃고 살아가고 있는지도 모르겠다. 자신이 어디서 어떻게 사는지 매일 돌아보는 것은 아니니.

내가 부끄러운 과거를 소설로 남기는 이유는, 어쩌면 언젠가 집을 찾으리라는 확신 때문일 것이다.

그리고 이 책이 당신에게 닿은 것은, 삶 속에서 잠시 쉼표를 찍을 기회일 수도 있다.

불안전한 피조물에 이름을 붙이면 완전해지듯, 내 집에 내 정의를 씌울 거다.

부디 당신은 마지막을 회고할 때, 따스한 온기의 집을 떠올리며 어둠 속으로 가벼이 걸어가길.

나는 소망한다.

– 이텔 솔

목차

01.

집을 잃은 사람

영국 포츠머스의 크리스마스 저녁이었다. 누군가의 생일이라는 핑계로 멋대로 종을 울리고 형형색색의 조명으로 나무를 가득 채우고, 시끄러운 노래를 계속하며 아이들을 속이는 어른들까지 하나같이 마음에 드는 게 없는 날이었다. 눈까지 폭폭 쌓이고 있으니, 감히 최악의 날이라 말하고 싶었다.

작은 체구의 소녀는 유난히 바빴다.

소녀는 급하게 방을 둘러보았다. 바로 눈앞에 들어온 것은 빳빳한 셔츠 한 장이었다. 소녀는 다급하게 셔츠를 걸쳤다. 커다란 셔츠는 무릎까지 내려왔다. 소매는 일곱 번을 족히 접어야 했다. 숨을 헐떡이다가 눈을 감고 진정했다. 5분 안에 이 방으로 누군가가 들어올 것이다.

"이런 젠장."

바닥의 방에는 술병 조각으로 가득했다. 호신용으로 쓰기 위해 정신없이 술병을 깨트렸다. 조각들이 소녀의 발에 하나하나씩 박혔다. 투박한 발 아래 검붉은 무언가가 쏟아졌다. 그러나 신경 쓸 시간은 없었다.

크리스마스에 가장 붐비는 곳은 술집이었다. 모든 사람이 바빠서 아이 하나가 사라져도 잠시 잊을 만한 날이었다. 소녀가 몇 달을 버텨가며 이날을 고른 이유였다. 셔츠 차림으로 거리를 돌아다녀야 한다니, 자살행위나 다름없었다. 하지만 시간이 없었다. 소녀는 한 손에 술병을 들고, 반대 손으로는 벽난로 속 검댕을 집어서 얼굴에 펴 발랐다.

누군가가 방문을 두드렸다.

소녀는 놀라 그 자세로 멈췄다. 시간 계산이 잘못되었다.

"이텔? 안에 있니? 너를 위한 신사분이 왔다."

창문을 열었다. 이곳은 2층이었다. 심지어 항구 옆을 개조해서 만든 곳이라 경사가 가팔랐다.

조심스럽게 창틀을 잡고 창문을 뛰어넘어서 지붕 위를 걸었다. 눈 때문에 넘어져 쓸린 다리에 피가 났지만, 아무 말도 하지 않고 입을 틀어막았다.

"어린놈이 문을 잠가?"

언니의 목소리가 들리더니 이는 곧 다수의 언니가 수군거리는 소리로 변했다. 그러더니 어느 남자가 투덜거렸다. 언니들이 단번에 굽실거리는 목소리로 변했다. 역겨웠다. 구역질 나는 익숙한 역겨움에 다시 정신을 차릴 수 있었다. 지붕에서 미끄러지는 것을 반복해 겨우 평지에 닿았다. 그리고 빠르게 달리기 시작했다. 술집의 온기와 수군거림은 이제 소녀에게서 멀어져 갔다. 웃음소리가 사라지고 고요에 다다르자 참던 감정들이 단번에 쏟아졌다. 소녀의 눈 밑에서는 눈물방울이 흘러내렸다.

몸이 떨리는 것도 인식하지 못했다. 셔츠 차림이 부끄러운지도 몰랐다. 그저 소녀는 한 곳으로 가야 한다는 생각밖에 들지 않았다.

집으로 가야 한다.

집으로 가는 길.

벽돌집이다. 울퉁불퉁한 검은 벽돌이지.

옛집의 따스한 온기만은 뇌리에 박혀 나가지 않았다.

다시 뛰었다. 뛰고, 뛰었다.

사람들의 웃음소리를 가로질렀다. 열다섯 살의 동양인 소녀를 신경 쓸 만큼 여유로운 사람은 크리스마스에 없었다.

익숙한 골목이 보였다. 돌아다니는 생쥐들마저도, 고약한 쓰레기 냄새마저도, 이웃들의 고함마저도 반가웠다. 눈물이 났다. 고개를 올렸다. 무너질 듯이 층층이 쌓인 건물들. 세 번째 블록, 어딘가 엉성하고 약해 보이는 건물은 그녀의 집이었다.

떨리는 마음을 뒤로 커튼을 넘겼다. 작은 통로를 지나면 낡은 나무판자가 있었다. 잠시 심호흡을 했다. 1년이 넘는 기간 동안 무수히 많은 밤에 이 시간만을 그려왔다. 떨리는 마음에 손이 제대로 움직이지 않았다.

소녀는 천천히 노크했다.

똑똑.

기다렸다. 다급한 발소리와, 약간의 기쁨이 섞인 고함과, 가족들의 바보 같은 행동들을. 기다렸다. 이제 에피가 멍청한 표정을 지으며 문을 열겠지. 리더스는 책을 보고 있을 거야. 1년간 겪은 이야기를 해줘야지. 에피는 눈물겨워서 울먹거릴 거야. 리더스는 울지 않겠지. 하지만 따뜻한 말을 해줄 거야. 1년 만에 보는 거잖아. 기다렸다.

"에피? 리더스?"

조심스럽게 그녀에게 희망을 주는 유일한 단어 두 개를 내뱉었다. 말하면 사라질 것 같아서, 입에서만 맴돌던 그 말을. 희망을 내뱉고 난 뒤 남은 건 찬란한 어둠이었다. 눈에는 온기가 꺼졌고, 쥐 죽은 듯이 아무 소리도 나지 않았다.

그제야 소녀는 정신을 차리고 주위를 둘러보았다.

먼지가 쌓인 손잡이. 썩어가는 나무판자. 삐걱거리는 바닥. 그리고 곰팡이가 핀 채로 방치된 카펫. 에피라면 절대 이런 꼴을 가만두지 않을 것이다. 8년간 살며 이렇게까지 더러워진 모습은 처음 보았다. 소녀는 바닥의 카펫을 뒤집었다. 열쇠 또한 없었다. 카펫 아래에는 어렸던 소녀와 남매가 송곳으로 이름을 새겼던 흔적이 있었다. 글자를 아는 사람은 리더스밖에 없었기에, 그가 그들의 이름을 모두 써주었다. 소녀의 이름도 거기에 새겨져 있었다.

이텔.

소녀는 자신의 이름을 보자마자 어지러움을 느꼈다. 거지답지 않게 꽤 특이한 이름을 지녔다고 손님들은 장난스레 소녀의 이름을 부르곤 했다. 수염이 덥수룩한 그들의 입 위에서 소녀의 이름은 조금씩, 조금씩 더러워져 갔다. 술집 카운터에는 명부가 있었다. 리더스가 소녀를 혼내며 이름을 가르쳤을 때도 소녀는 끝까지 철자를 몇 개 틀리곤 했다. 그러나 명부는 매일매일 달라졌고, 소녀는 자신의 이름을 매일매일 마주했다. 몇 주도 안 되어서 그녀는 자신의 이름을 익혔다.

소녀의 이름 옆에 적힌 사람들.

소녀의 이름.

내 이름.

소녀는 혼란스러웠다.

과연 이게 내 이름인가. 이미 더럽혀질 대로 더럽혀진. 글자 옆에서 역겨운 술 냄새가 진동하는 듯했다. 에피가 내 이름을 어떻게 불렀더라. 소녀는 눈을 감고 생각했다.

기억이 안 나. 소녀는 헛구역질하며 카펫을 도로 덮었다. 내 집이잖아. 집이야. 집이어야 하는데.

"에피! 대답해! 지금 당장! 안에 있는 거 다 알아!"

고요한 정적 사이에서 소녀는 흐느꼈다.

집이 없는 사람한테 살아갈 이유가 있을까? 어디로

가야 하지? 무얼 해야 하지? 난 이제 누구를 만나야 지? 소녀 앞에 놓인 건물은 그저 단숨에 낯선 무언가로 변해 있었다. 이질감이 느껴지는, 그저 거리에 무수히 많은 것들과 다를 바가 없는 건물 말이다.

"누구야?"

말소리. 사람의 말소리였다. 에피의 높고 밝은 목소리도 아니었다. 리더스의 낮고 무심한 목소리도 아니었다. 이방인의 목소리였다. 소녀는 자신을 아는 사람일까 두려워 고개를 들지 못했다.

"여기는 어떻게 알고?"

"내 집이었어."

소녀는 낮게 읊조렸다. 그리고 고개를 들었다. 당황스러운 표정인 사내아이였다. 누더기에 가까운 회색 셔츠에 커다란 구멍이 뚫리고 해진 검은 재킷을 걸치고 있었다. 그리고 훔친 게 분명한 보터햇을 쓰고 있었다. 길고 떡진 검은 머리가 인상적이었다. 남자아이 중에서 저렇게 길게 머리를 기른 경우는 처음 보았다. 빈민가에 사는 소매치기 사내아이 중 하나인 것이 분명했다. 소녀는 의심스러운 눈빛으로 그를 쳐다보았다. 에피가 그들을 항상 경계하라고 말했기 때문이다.

"너 여기 살던 여자애 아니냐? 1년 전에 죽은?"

"내가 죽었다고?"

"몰라, 그렇게 말한 건 뱁새들이니까."

사내아이는 어깨를 으쓱하더니 말했다.

"다들 어디 갔어?"

"나야 모르지, 내가 여기 있는 이유는 리더스가 이 집을 써도 된다고 며칠 전 엽서를 보내서야."

소녀에게 반항할 마음은 눈곱만큼도 남지 않았다. 이 집은 더 이상 소녀의 집이 아니었다. 가족이 없었다. 그러면 이 집은 그저 폐허나 다름없었다.

소매치기 아이는 소매 속에 감춰두었던 열쇠로 문을 열었다.

그녀가 8년간 생활했던, 아름다웠던 집이 드러났다. 한 해 동안 힘들었던 모든 기억을 버틸 수 있게 해준 기둥 같은 곳이었다. 이런 식으로 이곳을 마주하기를 원한 것은 아니었는데.

소매치기는 들떠서 벽장 안의 분류된 딱딱한 빵들을 보았다. 그러다가 무심코 돌아봐서 소녀에게 물었다.

"너 갈 곳은 있냐?"

"…."

소녀는 아무 말도 하지 않고 침대 밑에 있던 허름한 재킷을 꺼냈다. 그리고 여분의 해진 바지도 꺼내서 입었다. 리더스와 에피의 옷가지나 물건은 전혀 보이지 않았다. 리더스가 옛날에 신었던 밑창이 뜯긴 신발을 겨우 찾아내어 소녀의 발에 쑤셔 넣었다. 어울리지 않게 깔끔한 빨간 목도리도 목에 걸쳐주었다. 이것 말고 챙길 물건은 없었다. 팔 만한 물건 또한 없었다.

커다란 침대 위에 앉았다. 세 사람이 함께 자던, 심하게 꺼지고 쥐가 파먹은 흔적이 가득한 침대였다. 그곳에도 사람 손길이나 흔적은 남아 있지 않았다. 먼지로 덮인 곳에서 신문지 한 장을 발견했다. 딱딱한 글자들 속에 꼬불꼬불한 단어 하나가 적혀 있었다.

"야."

소녀는 크게 아이를 불렀다.

"너 글 읽을 수 있어?"

조금 전까지 무례하게 말을 씹더니 아무렇지 않게 말을 거는 소녀에 아이는 어이없어하는 표정이었다.

"아니. 내가 읽을 수 있었다면 이 짓을 하고 있지 않았겠지."

"지금 몇 년도야?"

적어도 포츠머스 빈민가 안에는 글을 읽고, 연도를 제대로 아는 사람이 없을 것이다. 빈민가에서 8년을 살았던 소녀가 그 사실을 모를 리 없었다. 그만큼 소녀는 지금 제정신이 아닌 것 같았다. 사내아이는 고개를 갸우뚱거리며 말했다.

"너, 도둑질하고 구걸하는 데 머리가 필요하냐? 다른 곳으로 가봐."

소녀는 무시하고 신문을 보았다. 아이는 뭐 이런 애가 다 있냐는 표정으로 소녀를 쳐다보았다. 리더스와 소매치기 아이들은 가끔 같이 몰려다니곤 했다. 나이대도 잘 맞았고, 소매치기 아이들이 인정할 정도로 리더스는 영리했다. 여기에 오랫동안 머물렀기에, 리더스가 누나와 동양인 아이, 이렇게 셋이 같이 지낸다는 것을 알고 있었다. 그러나 그 동양인 아이가 이렇게 성격이 나쁠 줄은 상상도 못 했다. 서로의 성장 과정을 오래 지켜봐서일까. 사내아이에게 마지막 동정심이란 게 떠올랐다.

"여기서 지내도 돼. 우리를 돌보아 주시는 페킨슨 할배도 있고, 누나들 두 명도 있어. 너 소매치기 실력도 나쁘지 않지? 할배에게 같이 지내도 되는지 물어봐 줄

게."

소녀는 신문을 찢긴 가방에 넣으며 사내아이를 뚫어져라 쳐다보았다. 에피는 항상 그 소매치기 무리를 증오했다. 그리고 그녀는 페킨슨 할배도 항상 교수형을 당하기를 빌었다. 에피의 신념은 곧 소녀의 신념이었다. 하지만 막상 갈 곳이 없었기에 잠시 고민했다.

"됐어."

"갈 곳이 있나 보지? 이 집은 우리가 이제 가질게."

"상관없어."

소매치기 아이는 살짝 아쉬워하며 쓴웃음을 지었다. 소녀는 아이를 바라보며 생각했다. 페킨슨 작자가 아이를 데려오면 돈이라도 주겠다고 한 모양이지. 그들 장단에 어울려 줄 생각은 없었다.

"이름은 뭐냐. 그래도 오랫동안 봤는데, 아쉬워서 말이지."

"…."

순간적으로 소녀는 자신의 이름을 발음하는 것이 구역질 나는 짓이란 것을 깨달았다. 자신의 이름을 떠올릴 때마다 수많은 끔찍한 날들이 떠올랐다. 그럼, 이름은…. 이름은 자신의 것이 아니다. 소녀는 아무 말이나 중얼거리다가 내뱉었다.

"솔."

"내 이름은 히스."

소매치기 소년은 손을 내밀었지만, 솔은 피했다. 히스는 민망한 웃음을 자아냈다.

"잘 가라."

솔이 된 소녀는 발걸음을 내디뎠다. 히스는 그 뒷모습을 잠시 지켜봤다. 무뚝뚝한 어린 동양인이 살아갈 만큼 영국은 관대한 곳이 아닐 텐데. 몇 년 만에 처음으로 말을 해본 사이였지만, 그 아이의 미래가 궁금해졌다. 집을 잃은 사람은 몇 달을 못 버티고 고아원으로 끌려가거나 길거리에서 생을 마감했다. 이상하게도 저 아이는 그렇게 되지 않을 것 같았다.

모든 불행의 요소란 꼬리표를 달고 있는 것만 같은 솔은 문을 닫았다. 사내아이는 고개를 저으며 쓸 만한 물건들을 포대기에 담기 시작했다.

도시의 불들이 살짝 가라앉자 다듬어지지 않은 낯선 길이 나왔다. 뒷마을로 가는 길일 것이다. 어디로 가야 할지 몰라서 막연하게 몇 시간을 걸었다. 추운지도, 힘든지도 몰랐다. 몸이 힘들었지만, 마음이 텅 비어서 아무것도 담지 못했다.

예전에 술집에서 만났던 늙은 학자가 해주었던 말이 떠올랐다. 인간은 목표를 잃으면 죽은 것과 마찬가지라 말하며 술을 쓰다듬었다. 그때 당시에는 이해하지 못했지만, 지금은 조금이나마 그 말뜻을 알아들을 수도 있을 것 같다.

걷다 보면 마을이 나올 거고, 걷다 보면 또 다른 마을이 나올 것이다. 어느 한 곳은 그녀를 위한 곳이 있지 않을까. 그러면 그곳에서 지낼 수 있을 것이다.

그러나 그곳이 자신의 집이 될 수 있을까.

이런저런 고민을 하는 사이, 마을은 천천히 그 형체를 보였다. 안개 사이에 있어서 특유의 신비로움이 느껴지기도 했다. 번잡하고 술기운 가득한 도시와는 딴판이었다. 묘하게 안정되는 마음을 얻으며 솔은 한 발짝 걸어갔다.

조명이 유난히 밝고 뚜렷하게 한 집 안을 비추었다. 흰색 커튼 사이로 가벼운 온기와 취기가 흘러나왔다. 솔은 추위에 저도 모르게 그곳으로 다가갔다. 창문에 뺨을 맞대자 마치 뜨거운 물 속에 담긴 듯 잠시나마 나른한 느낌이 들었다. 창문 안에서 가장 눈에 띄는 거는 다름 아닌 벽난로였다. 자신의 눈은 너무나도 희고 창백하지만, 저 불은 빨갛게 타오르고 있었다. 저 불에 닿고 싶었다. 같이 타올라서 사라지고 싶었다.

아는 것도 없고, 글을 쓸 줄도 모르고, 할 수 있는 일은 하나도 없는 사람이 살 가치가 있을까. 1년 동안, 버텨내기 위해 자신의 마음속을 할퀴었다. 너덜너덜해진 심장은 누구를 안을 수도, 사랑할 수도 없게 만들었다. 이런 심장을 들키기 싫어서 말수도 줄였다.

방에 있던 사람들이 눈에 들어왔다. 흰 가벼운 침실 드레스에 빨간 망토를 입고 작은 남자아이와 여자아이를 안고 있는 사람은 아이들의 어머니였다. 남자아이는 조금 통통하니 볼이 발그레했고, 여자아이는 커다란 리본을 매달고 있었다. 아이들의 아버지는 혼자 커다란 의자에 앉아 안경을 쓰고 찌푸린 채 책을 보고 있었다. 그러나 아이들과 아내를 잠깐씩 몰래 쳐다보았는데, 그럴 때마다 책으로 가리고 보일 듯 말 듯 한 미소를 지었다. 여자아이는 창밖을 바라보며 주절주절 이야기를 계속했다.

"오늘 눈이 오다니, 정말 운이 좋아요. 보세요! 정말 아름다워요."

아이의 말은 웅얼거리는 듯이 들렸지만, 이 말만은 뚜렷하게 귀에 들어왔다. 잠시나마 이쪽 창문을 가리키는 줄 알고 바싹 긴장했지만, 다행히도 고풍스럽고 빨간 커튼이 드리운 오른쪽 창문을 택했다. 운이 좋다니, 눈이 오는 게 좋은 일이었던가. 남매와의 집이 무너지고, 밖에서 사람들에게 구걸하며 매달리는 것도 몸이 빠르게 차가워져 오래 하지 못했다. 눈이 오면 술집은 더욱 붐볐다. 순수하고 아름답다는 눈의 모습은 그저 부유한 자들의 몫일 뿐이었다.

하지만 여자아이의 미소가 너무나도 아름다워서 뚫어져라 쳐다보았다. 저런 미소를 지은 지도 오래였다.

"엄, 엄마!"

소리에 다시 정신을 차리자, 아이가 자신을 보고 있었다. 아이의 표정은 잔인하게 빨리 변했다. 미소를 잘 짓는 사람은 울상도 잘 짓는다. 참으로 아이러니한 사실이지 않은가. 눈이 크게 떠지고 눈썹은 내려가고 입이 미세하게 떨린다. 입꼬리가 내려갔다.

"웬 거지가!"

어머니가 막는 소리가 들렸지만, 아버지는 커다란 빗자루를 들고 걸어오고 있었다. 꿈에서 깨어난 듯 추위가 급격하게 뼛속까지 다시 깊게 새겨지고 있었다.

솔은 자신의 바보 같음을 질책했다. 반대편으로 달렸다. 아직 남아 있는 사람들은 젊은 연인들이나 구걸을 위해 기웃거리는 거지, 아니면 나이 든 남자들밖에 없었다.

여기도 다를 바가 없구나. 그저 도시의 그러한 이면을 감춰둔 것이구나.

나를 위한 곳은, 나를 찾는 곳은 이 세상에 아무 곳도 없구나.

불현듯 반짝이는 빛을 보았다.

고개를 푹 숙인 그녀를 이끌게 할 만큼 크고 강렬한 빛이었다. 정말 아름다웠다.

날파리가 된 것만 같은 자신의 처지를 비웃다가도 그 빛을 향해 나아갔다.

흰 벽돌에 커다란 문을 가진 집이었다. 문 앞에 십자가가 크게 박혀 있었다. 말로만 듣던 교회라는 곳 같았다. 빈민가에는 없는 교회를 직접 본 것은 처음이었다. 달랑거리는 랜턴에 손을 대려 했지만, 높아서 닿지 않았다. 까치발을 들었지만, 발이 추위에 굳어 그대로 앞으로 고꾸라졌다. 결국 오들거리는 몸을 최대한 손으로 감싸고 누웠다.

솔은 이곳 사람들이 술집 손님이 아니기를 빌었다. 누가 나오든 그녀는 걷어차이고 욕설을 받을 준비가 되어 있었다. 그럴 용기를 주는 교회는 묘한 안정감 또한 주었다.

마지막으로 눈을 감기 전, 눈은 수북하게 위로 쌓이고 있었다.

소년은 갈색 눈으로 하얀 눈을 세심하게 관찰하고 있었다. 커다란 창문을 작은 눈송이들이 툭툭 쳤다. 런던 대학의 기숙사에는 한 사람밖에 없었다. 며칠 전까지만 해도 지나치게 시끌벅적했던 이곳은 한적했다. 모든 학생이 크리스마스에는 고향에 있는 저택으로 돌아갔다. 소년에게는 돌아갈 저택 따위는 없었다. 따라서 혼자 외롭게 긴 리포트와 시름해야 했다.

턱을 괴고 벽에 있는 홀리와 아이비를 매만졌다. 더럽게도 공부가 안되는 날이었다. 아니면, 빌어먹을 옛

날 생각이 나서일 수도 있다. 돈은 없지만 행복했던 거지들. 하지만 행복했던 그들에겐 미래란 없었다. 가끔 그는 그때와 지금을 저울질했다. 외롭고 답답한 지금이 나을까, 바보같이 미래를 모르던 그때가 나을까. 모두 다 의미 없는 짓이었다. 소년은 마른세수하며 인상을 찌푸렸다. 죽은 사람들을 떠올리며 미련하게 과거만 잡고 있다니. 딱 질색하는 행동을 저도 모르게 하고 있었다. 도움이 안 된다. 소년은 자조적인 웃음을 내며 다시 깃펜을 집어 들었다.

그때였다.

"안녕하세요."

기척도 없이 뒤에서 누군가 들어왔다. 그는 놀라서 의자에서 자빠질 뻔했다. 머쓱하게 뒤를 돌아보며 일어섰다. 검은 정장을 입은 30대 정도의 남성이었다.

"그분께서 절 보내셨습니다."

소년은 픽 웃었다. 자신을 감추고 싶어서 짓게 된 웃음이었다. 사람들은 울상을 짓고 있으면 그 누구도 관심을 주지 않았다. 거리에서 소년은 웃어야 했다. 환한 미소를 지어줘야 했다. 그러면 사람들은 가엽다면서 동전 몇 개를 던져주었다. 동정심이 만든 최악의 산물이었다.

"공부도 모두 잘 되어가고 있습니다. 만족하실 만한 성적일 것입니다. 말씀하신 대로 허슬리 군과 가까워지려고 노력하고 있습니다. 또 다른 궁금한 점 있으십니까."

그 남자는 눈썹을 조금 치켜세울 뿐 별다른 반응이 없었다.

"이 일을 그만둘 생각은 없으십니까. 그분께서 당신에게 언제든 포기하고 싶으면 돌아가도 된다고 말하셨습니다."

소년은 눈을 감고 씁쓸한 웃음을 내었다. 저들은 모두 소년에게 가족이 없다는 것을 알고 있다. 자신을 놀리려고 하는 말인가. 아무것도 남지 않은 그에게 선택지란 걸 쥐여준 것은 그들이었다.

"그곳으로 돌아갈 생각은 없습니다. 다시는 갈 생각 없습니다."

"이걸 보면 생각이 달라지실 겁니다. 그분께서 당신에게 쪽지와 이것을 전달해 주라 하셨습니다."

작은 상자와 작은 쪽지 한 장을 내밀었다. 그는 눈을 찌푸리고 그 쪽지를 보았다. 사우스윅, 킹스턴, 버클랜드, 이스트니, 코스햄 등등 여러 지역 이름이 적혀 있었다. 이게 무슨 뜻인가. 상자 안에는 더러워서 구멍이 송송 뚫린 회색 망토가 담겨 있었다.

"이게 무슨 뜻이죠?"

"살아 있을 수도 있습니다."

"누가요?"

남자는 의미심장한 미소를 남기고 고개를 숙였다. 리더스는 잠시 턱을 괴고 고민하던 시늉을 했다. 자신이 직접 손으로 묻어주었는데. 무슨 말도 안 되는 소리인가.

해지고 더러운 회색 망토.

불현듯 누군가가 머릿속을 지나갔다. 작은 체구에, 사나운 미소에, 작은 키.

그는 눈을 동그랗게 뜨고 경악하며 남자를 보았다. 남자는 문을 닫기 전 조용히 말을 덧붙였다.

"행운을 빕니다, 리더스 이오니안."

02.

작은 교회와 목사

포츠머스 윗마을은 평화롭기로 유명한 마을이었다. 마을은 사람이 200명도 되지 않았기에 무척 신뢰가 깊었다. 또한 마을 사람들은 대다수 아래 포츠머스 도시 사람들을 싫어했다. 마을에 남은 사람들은 모두 여유를 즐기고픈 노인들이 많았고 과격하고 활동적인 도시 사람들을 이해하지 못했다.

마을에서 가장 붐비고 인기가 많은 곳은 교회였다. 물론 12년 전만 해도 이 교회는 버려진 것과 다름없었다. 인느 목사의 아버지는 교회 세의실에서 차를 마시며 모든 기도나 설교에 늦는 것으로 유명했다. 심지어 장례식에도 매번 지각을 해서 사람들의 원망을 샀다. 결국 그는 인느 형제에게 교회를 넘겨주고 교회 뒷방에서 조용히 지내다가 세상을 떠났다. 인느 형제들은 아버지와 달리 부지런하고 건장한 사내들이었다. 큰형인 제임스 인느는 행복한 결혼생활과 함께 런던에서 공부를 끝내고 시골 마을로 돌아왔다. 동생과 함께 미숙한 손길로 교회를 운영하기 시작했고, 교회는 그들의 부지런함에 보답하듯 크게 흥했다.

그러던 와중, 라일락 인느가 태어나며 그의 길은 약간씩 삐뚤어지기 시작했다. 제임스 인느의 아내는 라일락 인느를 낳다가 그만 목숨을 잃었다. 제임스 인느는 병약한 아내에게 괜한 짓을 했다며 자신을 자책하기 시작했고, 마을의 술집에서 일하던 동네 친구에게 술을 권유받았다. 그는 결국 술을 시작했고, 밤늦게까지 들어오지 않았다. 심지어 어느 순간부터는 교회에 있는 것이 죄책감이 들었는지 아예 교회를 나가버렸다. 아버지가 집을 나간 것도 모르고 계속해서 울어대는 라일락 인느를 돌본 것은 다름 아닌 그의 동생과 인도인 주부였다. 그의 동생은 교회 일을 두 배로 맡기 시작했고, 여기저기서 오가던 혼담도 정신이 없는 나머지 모두 거절해야만 했다. 결국 인느 목사라는 호칭을 받게 된 것은 제임스 인느가 아니라 그의 동생이었다. 제임스 인느는 알코올중독자가 되어버렸다. 맘이

약한 인느 목사가 몇 번이고 그에게 부디 교회로 돌아와 달라고 애원했지만, 이미 제임스 인느의 정신은 그런 판단을 내릴 수 없을 정도로 온전치 못했다. 결국 그는 런던으로 떠난 후, 잠적했다.

그런데도 인느 목사는 낙천적인 성격과 함께 교회를 운영해 갔다. 라일락 인느 또한 무럭무럭 자랐으므로, 아이를 좋아했던 인느 목사는 매일 밤 아버지를 대신해 라일락을 보내준 하느님께 감사기도를 올렸다.

또한 그는 가난한 자들을 받아들여서 일자리를 주는 것으로 유명했다. 마을에는 마땅한 구빈원이 없었고, 사람 수 또한 적었기에 교회는 모든 사람을 받아들였다. 부자들은 그가 세상 물정을 모른다며 혀를 찼지만, 교회는 나날이 번성했다.

교회 서기, 질렛이 무덤이 쌓인 눈을 치우기 위해 뒷문으로 나갔기에 솔은 다시 한번 잊히고 말았다. 긴 암흑 끝에 해가 천천히 뜨고, 결국 누가 그녀를 발견하기 전에 스스로 눈을 떴다. 하루 전만 해도 온갖 학대와 폭행에도 반짝였던 눈의 불씨는 죽어버린 지 오래였다. 솔은 달라질 바가 없던, 눈으로 쌓인 마을을 둘러보았다. 어지러운 머리에 다시 고개를 숙였다.

결국 1시간이 지나고서야 작은 동양인은 일어설 수 있었다.

그녀를 깨운 것은 작은 아이, 라일락 인느였다. 연하고 긴 갈색 머리에 낡은 분홍 리본을 매고 있었다. 큰 코에 작은 눈을 가지고 있었는데 붉은 입을 통해 중얼거리며 소녀를 노려보고 있었다.

"얘… 죽은 건가…."

곧 인느 목사가 등장했다. 아이와 같은 색의 머리를 가지고 있었다. 독특하게 길러서 애매한 길이의 머리를 뒤로 묶고 있었다. 나이는 많아 보이지는 않았지만, 고생이 많았는지 주름이 가득했다. 인자하게 생긴 사람이었다.

낯선 자의 등장에 솔은 발작하며 버둥거리는 수밖에 없었다. 솔의 건조한 눈 아래에서는 이미 한 줄의 눈물이 흘러내리고 있었다. 그녀는 자신을 안정시키려 노력했다. 그는 나와 한 번도 만난 적 없는 자일 뿐이라고. 추위에 정신을 다시 놓을까 봐 혀를 깨물었다.

"안녕? 나는 인느 목사란다."

자상한 어투와 함께 그는 손을 내밀었다. 라일락은 인느 목사와 반대로 뒷짐을 지며 조금 뒤로 물러섰다.

솔은 다가오는 손에 놀라서 뒷걸음질했다. 본능적으로 움직인 몸에 깨질 듯이 아픈 통증을 느꼈다. 눈에는 눈물이 더 맺혀 울먹이며 그를 바라보는 꼴이 되었다.

"오해하지 말렴. 그저 악수가 하고 싶었을 뿐이야."

손에 힘이 풀려 덜컥 주저앉았다.

"싫어? 싫으면 어쩔 수가 없지. 지금 좀 추워 보이는데 우리와 같이 아침 식사를 하는 거는 어떠니?"

솔은 낯섦과 두려움이 융합된 이상한 감정을 느꼈다. 그리고 이는 바로 의심으로 이어졌다. 처음 본 거지를 이렇게까지 도와주는 그가 수상했다. 솔이 살아오면서 만난 모든 사람이 그랬듯, 그에게도 목적이 있을 것이다. 하지만 다시 여기서 버티자니, 죽음의 문턱까지 온 것을 직감했다.

"못 일어날 것 같니? 도와줄까?"

인느 목사가 다가오자, 소녀는 고개를 최대한 천천히 흔들었다. 머리가 깨질 것 같았다. 밤새 한 자세로 있어서 그런지 몸이 뜻대로 움직이지 않았다.

"라일락 도와줄 수 있니? 삼촌이 다가가는 것을 무서워하는 것 같구나."

라일락 인느는 냄새가 심했는지 코를 찡긋거리고 얼

굴을 찌푸리며 소녀를 일으켰다. 휘청거리는 허수아비 같이 소녀는 라일락에게 쓰러지고 말았다. 아이는 결국 소녀의 어깨를 세게 부여잡고 한 발짝씩 걸어갔다. 소녀는 몸을 일으켜서 혼자 걸으려 했지만 그의 맘처럼 쉽게 되지가 않았다.

인느 목사가 잠깐 뒤를 돌아 라일락 인느에게 미소를 지었다. 라일락 인느는 그 잠깐의 미소 뒤로 계속해서 인상을 쓰며 걸어갔다.

그들은 빨간 카펫이 깔린 예배당으로 들어갔다. 예배당은 솔이 인생에서 본 그 무엇보다도 아름다웠다. 흰 벽에 높은 천장은 옅은 파란색으로 가득했다. 꼭 교회 안으로 들어왔지만, 밖에 있는 듯한 기분이었다. 금칠이 조금 벗겨진 등은 위에서 반짝였는데, 솔은 그것이 샹들리에라는 것을 단번에 알아차렸다. 곳곳에는 십자가 가득했다. 가운데에는 피아노가 있었는데 그 위에는 거룩한 분위기를 만들어 내는 촛대 다섯 개가 놓여 있었다. 화려한 기둥 사이에 커다란 그림이 자리 잡고 있었다. 한 남자가 피를 흘리며 십자가에 매달려 있었다. 괜히 그 남자의 고결한 눈빛에 고개를 푹 숙였다.

예배당을 지나자 작은 식당이 보였다. 옆으로 긴 식

탁에는 대략 여덟 명의 접시가 놓여 있었다. 커다란 창문이 이 방을 밝혀주고 있었기에 온기가 가득했다. 식탁 옆, 주방으로 가는 문 옆에는 커다란 십자가가 걸려 있었다. 접시와 식탁만 없었다면 또 다른 예배당으로 보일 것만 같았다.

"목사님 오셨어요?"

어두컴컴한 피부색을 가진 동양인 주부가 옆문을 열고 들어왔다. 푸짐한 몸매에 검은 곱슬머리를 하고 있었다. 굉장히 독특한 발음은 그녀가 인도인임을 알려주었다. 동양인 특유의 외모 때문에 나이를 예측할 수는 없었지만 적어도 오십은 넘어 보였다.

"네 부인. 저와 라일락은 식당 일을 거들 테니 이 아이를 좀 도와주시겠어요?"

인도인 여자는 힐긋 소녀를 보았다. 솔은 힘이 빠져 거의 라일락 인느에게 안겨 있었다. 인도인 여자 깜짝 놀라며 말했다.

"무슨 일이죠?"

"교회 앞에 쓰러져 있더군요. 진에 대피를 조금 타서 주면 될 것 같아요."

"알겠습니다."

수다스러운 인도인 주부는 말이 무척 많았지만, 그 순간만큼은 분주함 속에 잠깐 말을 잃었다. 소녀를 보고 죽은 자식들이 떠올랐던 것이었다. 그리고 같은 동양인을 만난 것은 무척 이례적이고 반가운 일이었으므로 주부는 호들갑을 떨며 진과 대피를 찾고 소녀를 업었다.

"교회에 오다니 정말 큰 행운아구나. 우리 교회는 너 같은 아이들에게 생활 터전을 주는 곳이거든. 어른들에게는 일자리를 주지. 이게 모두 다 인느 목사님 덕분이야. 아, 날 애벗 부인이라 부르면 돼."

인도인 주부의 말과 함께 도착한 곳은 교회 2층의 빈 방이었다. 주부는 눈에 잔뜩 젖은 재킷과 셔츠를 벗겼다. 그 과정에서 소녀의 등에 난 무수한 상처와 멍을 발견했다. 특히 목에 누군가 커다랗게 깨문 자국을 발견했기에 혐오스러움을 감추지 못했다.

"대체, 이런 상처들은…."

솔은 황급하게 뒤로 돌아서며 말했다. 누군가의 시선을 처음으로 신경 써보았다.

"넘어졌어."

부인은 결국 고개를 절레절레 저으며 소녀에게 담요

를 건네주었다. 주부는 벽난로에 불을 지폈다. 곧 따스한 온기와 함께 소녀의 몸도 하나둘씩 녹기 시작했다. 부인은 아무 말 없이 방을 나갔다가 갈색 블라우스에 수수한 초록빛을 띠는 치마를 건네주었다. 그리고 보풀이 심한 스타킹과 앞이 약간 닳은 구두 또한 주었다.

이 모든 것을 입은 후 애매한 침묵을 깬 것은 소녀였다.

"그런 거 아니야. 정말…."

솔의 눈에서 다시 눈물이 쏟아졌다. 원래 잘 울지 않는 그녀였다. 그러나 누군가에게 혐오스러운 곳에 속한다는 오해를 받는다고 생각하니 저도 모르게 훌쩍이는 꼴이 되었다. 생전 처음 입어보는 멀쩡한 치마를 피해 바닥으로 고개를 푹 숙였다.

진을 병에 따르고 있던 인도인 주부의 표정은 어둠 속에 가려져 있어서 보이지 않았다. 그러나 솔은 벽난로의 불씨 아래 그녀의 눈 밑에 무언가가 맺혀 있는 것을 보았다. 부인은 병을 건네주며 뒤로 돌아 손수건을 꺼냈다. 솔은 안도감을 내쉬어야 할지, 위기감을 느껴야 할지 혼란스러워했다. 생전 이런 기분은 처음이었다.

"그런 소리 하지 말렴. 네가 누구든, 그런 눈으로 볼 사람은 너를 사람으로 보지 않았다는 거야. 나는 널 사람으로 본단다. 아가야."

인도인 주부가 말했다. 솔은 생전 처음으로 누군가에게 안기고 싶다는 충동을 느꼈다. 솔은 원래 잘 울지 않는다. 우는 법을 잊어버린 것이다.

인도인 주부는 소녀를 안았다. 더럽고 냄새나는 그녀를 안았다. 솔은 태어나서 처음으로 큰 소리를 내며 아이같이 울었다. 주부 또한 죽은 자신의 아이가 생각나 같이 눈물을 훔쳤다. 그녀는 호흡이 일정해질 때까지 등을 두드려 주었다.

초면인 누군가에게 따뜻한 말을 들은 것은 처음이었다. 울고 난 뒤 솔은 안정감과 당혹감을 동시에 느꼈다. 이래도 되는지 누군가 허락을 해주었으면 한다. 뭐가 맞는지도, 이게 자연스러운 일인지도 이제 판단을 내릴 머리가 남아 있지 않았다.

주부에게서는 약한 빛이 났다. 그저 바라보기만 해도 마음이 고요해지는 느낌이었다.

솔은 먼지가 살짝 낀 거울을 보았다. 이상했다. 이렇게 깨끗한 옷을 입은 것도, 머리가 얌전해진 것도. 평소 별로 좋아하지 않던 얼굴 또한 조금은 밝아 보였다.

"아참, 이름이 뭐니?"

솔은 계단을 내려가다가 멈칫하고 주부를 보았다. 그리고 조금을 고민했다.

"솔."

이상했다. 모든 것이 이상했다. 낯선 이름에 얼굴을 붉혔다.

"너무 마른 거 아니니. 정말 뼈밖에 없구나. 빨리 가서 식사에 참여하자꾸나."

"고마워."

솔은 원래 감사 인사를 잘 하지 않았다. 정확히 말하자면 할 줄 몰랐다. 그 누구도 감사해야 함을 강요하거나 알려주지 않았고 자연스럽게 솔도 인사를 까먹었다. 술집에서 배운 것은 강제적인 인사였다. 솔은 처음으로 누군가에게 순수한 인사를 건네었다.

인느 목사와 라일락 인느, 그리고 두 명의 남자는 아침 식사를 하고 있었다. 인느 목사는 그녀를 위한 자리를 만들어 놓았으므로 애벗 부인과 솔은 무사히 착석했다.

솔의 앞에 놓인 것은 베이컨 조각과 달걀 요리가 올려진 빵이었다. 그녀는 짧게 감탄하고 빠르게 그것들을 먹어치웠다. 그리고 부족한 나머지 그릇까지 핥아가며 먹었다.

애벗 부인은 늦은 관계로 혼자서 짧은 기도를 올리고 식사를 시작했다. 애벗 부인은 게걸스럽게 먹어 치우는 솔을 보며 순간적으로 멈칫하고 아무 말 없이 손수건으로 눈물을 닦았다.

두 남자는 솔의 존재를 궁금해하는 것 같았지만, 인느 목사가 아무 말도 하지 않았기에 침묵을 유지했다. 특히 교회 서기 질렛은 계속해서 고개를 갸우뚱거리며 친한 애벗 부인에게 눈짓했지만, 애벗 부인은 그를 무시했다.

아침 식사가 끝나고, 인느 목사와 라일락 인느가 실랑이를 벌이는 소리가 들렸다.

"삼촌, 오늘 꼭 가기로 했잖아요."

"라일락, 하지만 목사를 필요로 하는 사람이 있잖니. 성탄절이 지나갔으므로 시간은 앞으로 많을 거다."

"하지만…."

라일락 인느는 버릇없게 굴지 않았다. 그녀가 교회에서 살아가기 위해 세운 규칙들 중 하나였다. 그러나 인느 목사가 정체불명의 동양인 애한테 신경 쓰는 것이 불안했다. 빈민가에 찾아왔던 사람 중, 또래의 아이는 처음이었다. 괜히 라일락은 초조한 표정으로 인느 목사를 보았다.

"알았어요, 삼촌."

인느 목사는 단번에 라일락이 조금 상심했다는 것을 알아차렸다. 그러나 그의 발걸음이 향한 곳은 창가 쪽에서 흥미롭게 밖을 바라보고 있는 솔이었다.

"저기, 대화 좀 할까?"

솔은 그의 말소리에 눈을 질끈 감았다. 여기는 술집이 아니라 교회다. 저자는 목사이다. 몇 번을 반복해서 머릿속에 넣어야 했다. 그러다가 천천히 눈을 뜨며 주위를 바라보았다. 고개로 동의의 표시를 보냈다.

"그럼, 이리로."

인느 목사가 안내한 곳은 다름 아닌 교회 뒷마당이었다. 여러 개의 의자가 놓인 이곳은 인느 목사의 교회에 대한 애정이 단번에 드러났다. 솔은 신기해하며 주위를 둘러보았다.

인느 목사는 목재 테이블에 앉도록 했다.

"이름은?"

"솔."

존댓말만은 그의 앞에서 나오지 않았다. 그러나 인

느 목사는 딱히 불편해하지 않았다.

"나는 인느 목사다. 아까 문 앞에서 들었지? 너를 보게 되어서 아주 기뻐. 이는 분명 하느님의 뜻이겠지. 혹시 어디서 왔는지, 어디로 가고 있었는지 물어봐도 될까?"

솔은 잠시 인느 목사를 쳐다보았다. 그가 믿어도 될 사람인지 확신이 서지 않았다. 만약 또 경찰에 넘기면 어떡하지. 그리고 교회는 선한 사람들이 오는 곳 아닌가. 나는 이미 도둑질과 구걸로 선하지 못했고, 술집에서의 1년 때문에 더러워졌다. 애벗 부인에게 몸을 보이는 것도 조심해야 했다. 혹시 부인이 그에게 말한 것은 아닐까?

"포츠머스."

"그렇구나. 부모님은?"

"없어."

"집은 있니?"

"없어."

"그럼, 무엇을 할 예정이니?"

목표를 잃은 지 12시간이 채 안 되었다. 새로운 무언가를 생각해 낼 마음도, 머리도 그 무엇도 없었다.

"없어."

대답을 한 후에야 소녀는 자신의 말들이 신사에게 무례하게 보일까 걱정했다.

"그렇구나. 그럼, 교회에서 지내는 것은 어떠니?"

예상하지 못한 답변이었다. 너무나도 현실성 없는 답변에 그녀는 여기가 교회를 가장한 술집이 아닐지 생각했다.

마음에 걸렸다. 결국 여기도 자신을 이용하는 곳이면 어찌해야 할까. 도대체 이들은 왜 도와주려 하는 것일까. 이 사람들도 목적이 있는 것일까?

인자함이 넘치는 인느 목사의 눈을 보았다. 살면서 단 한 번도 본 적 없는 남자의 눈빛이었다. 솔은 눈을 맞추지 못하고 계속 아래를 응시했다. 인느 목사의 제안은 지금 당장 솔에게 꼭 필요한 말이었다. 갈 곳도 없으며, 생활할 곳도 없으며, 목표도 없다. 이러한 자신의 처지가 너무나도 답답했다. 결국 어린 동양인 소녀는 무표정을 유지한 채 고개를 끄덕였다.

"교회의 일원이 된 걸 환영해."

인느 목사가 주름진 얼굴을 펴며 활짝 웃었다. 솔은 웃지 않았다.

"2층의 작은 방을 쓰면 될 거다. 복도 가장 끝에 있다. 교회의 전반적인 관리는 애벗 부인이 하니 그녀에게 물어보는 게 가장 빠를 거다. 그리고 아까 식사 때 보았니? 여기에는 여러 사람들이 더 있어. 교회 서기인 질렛하고 수련원인 잭이 있지. 그리고 내 조카도 보았지? 라일락이야. 나이도 비슷해 보이는데 친해지면 좋겠구나."

솔에게 누군가와 친해질 생각은 전혀 없었지만, 조용히 고개를 끄덕였다.

"할 일은 다음 주부터 만들어 주마. 내가 지금 생각보다 바빠서 말이다. 성탄절 다음 날이기도 하고, 이번에 좀 교회 재정이 좋아져서 여러 행사를 준비하고 있거든."

인느 목사는 들뜬 표정이었다.

"착하게 지내고, 하느님을 따르는 아이가 된다면 언제까지도 교회에 머물러도 좋다. 아, 제일 중요한 것을 말 안 했군. 기도는 하루 두 번, 아침저녁에 진행된다. 그리고 교회 문을 여는 것은 수요일, 일요일 10시부터 6시까지 밖에 없지. 오늘은 피곤할 테니 푹 쉬도록 해라."

그는 함께 교회로 들어가자며 그녀에게 걸어왔다.

솔은 고개를 흔들며 뒷걸음질 쳤다. 그러다가 문뜩 손에 있던 신문지가 마음에 걸렸다. 솔은 다급하게 입을 열었다.

"글 읽을 수 있어?"

"당연하지, 책이나 성경을 읽어줄까?"

솔은 고개를 저었다.

"이거, 읽어."

신문을 건넸다. 인느 목사는 안경을 꺼내 신문을 바라보았다.

"영국 총리에 관한 글인데, 이게 궁금했니? 아, 이게 궁금했구나. 손 글씨 말하는 거 맞지? 괴상한 필체지만 '살아'라 적혀 있네. 그거 말고는 없는 것 같구나."

"지금 몇 년도야?"

"1837년도란다."

솔은 떨리는 오른손으로 신문을 받았다. 인느 목사는 더 이상 무언가를 묻지 않았다.

솔은 낡은 이불을 들고 끝 방으로 들어갔다. 그리고 먼지 쌓인 침대에 바로 푹 쓰러졌다. 왜 리더스는 솔에게 살라는 말을 남긴 걸까. 에피는 또 어디로 사라진 것일까. 리더스는 길게 편지를 썼을 수도 있다. 이렇게 짧게 아무렇게나 남긴 것은 무척 급하게 어딘가로 떠났다는 뜻이었다. 아니면 둘 다 납치나 협박을 당한 걸까. 어느 쪽일까.

신문지를 쥐고 필체를 쓰다듬다가 낮잠에 들었다. 옛날 기억에 관련된 꿈이었다. 아마 4년 전 크리스마스였을 것이다.

솔이 노래를 부르면 에피가 춤을 추고 리더스가 돈을 받았다. 그러나 소매치기 무리와 리더스가 중간에 술을 훔치는 바람에 경찰관 홉스에게 쫓겨 결국 경찰서로 불려 갔다. 당연히 소매치기 무리는 쥐도 새도 모르게 사라진 후였다.

"이 세 악동아. 너희 때문에 내가 퇴근을 못해요. 또 뭘 훔쳤다고? 와인?"

경찰관 홉스였다. 홉스는 포츠머스 경찰서에서 제일 가는 경찰관이었다. 언덕 위에 사는 부자 여인의 보석을 찾아준 것을 시작으로, 홉스는 각종 강도 사건을 족족히 해결해 갔다. 그는 모두에게 신뢰받았으며, 겸소하고 자상했기에 사람들은 그를 포츠머스의 영웅이라 불렀다. 결혼 후 아내가 죽을 고비를 넘기고 낳은 네 명의 자식들을 모두 홍역으로 잃은 경험이 있어서 유독 아이들에게는 자상했다. 남매와 소녀는 매일 구빈법을 어기며 구걸했지만, 홉스는 다른 경찰관들의 만류에도 단 한 번도 그들을 감옥에 가두거나 구빈원에 보낸 적이 없었다. 물론, 만약 그들이 구걸이 아니라 도둑질을 해 경찰서에 가게 되었다면 그때는 가차 없이 회초리를 들었다. 그는 가장 존경하는 인물이자 우상이었다.

에피가 가장 먼저 리더스를 변호하기 위해 입을 열었다.

"훔친 게 아니라 누가 구걸하다가 던져주고 간 거예요."

그런 거짓말이 통할 리 없었다. 홉스는 유난히 더 웃더니 다리를 꼬고 심각하게 말했다.

"너희 이게 부자 나리의 것이면 목이 날아간다. 진지해져 봐."

그리고 목을 긋는 시늉을 했다.

"어허 이텔, 누가 손 내리래?"

솔은 무표정으로 다시 손을 올렸다. 솔이 입은 옷은

몇 번 꿰매 짧았고, 배가 훤히 드러났다.

홉스는 한숨을 내쉬더니 소녀에게는 그의 목도리를 던져주었다.

"에휴. 보내줘야지 원. 나도 내 사랑스러운 아내에게 가봐야 해서."

에피는 토하는 시늉을 하다가 홉스에게 걷어차일 뻔했다. 홉스는 솔을 힐끗 보았다.

"이텔 그거는 가져라. 너희 냄새가 고약한데 이미 물 들었겠지? 너네 오늘 한 번만 더 잡혀 오기만 해봐라. 그때는 법정에 넘겨버린다."

홉스의 말버릇 중 하나였다. 구빈법과 함께 항상 그들에게 경고했지만, 그는 단 한 번도 그들을 보낸 적은 없었다. 에피와 리더스, 그리고 솔은 곧바로 손을 내렸다. 그리고 세 악동은 주섬주섬 가방을 챙겼다.

"너희, 먹을 거는 있냐? 누가 잃어버렸다던데, 가는 길에 주인이나 찾아줘라."

홉스는 그들한테 무언가 봉지를 던지며 말했다. 리더스는 그것을 열어보았다. 건포도가 박혀 있는 빵과 상한 것 같은 정어리였다. 남매와 소녀는 몇 주 만에 보는 빵과 생선이라 곧바로 눈빛을 바꾸며 홉스를 보았다.

"주인이 없으면. 먹던가. 알아서 해라."

리더스는 싱긋 웃었다.

"고마워요. 홉스."

세 사람은 빠르게 경찰서를 나왔다. 도중에 다른 경찰관들이 홉스를 질책하는 소리가 들렸었다. 그러나 그는 웃으며 말했다.

"크리스마스잖아."

세 사람은 빠르게 집으로 들어갔다. 모두 코가 빨겠고, 리더스는 곧바로 랜턴에 불을 붙였다. 셋은 오손도손 모여 앉았다. 가운데 탁자에는 홉스가 준 빵이 있었다. 에피는 금이 간 접시 몇 개를 들고 빵을 그들에게 나누어 주었다 리더스는 능숙한 솜씨로 정어리를 구워내었다. 생선 냄새가 진동했지만, 마다하는 사람은 아무도 없었다.

곧 그들만의 진수성찬이 자려졌다.

"이텔이 좋아하는 건포도 빵이네."

리더스의 목소리는 차분했지만, 그의 눈 안은 온기로 가득했다.

솔은 입술을 깨물며 살짝 미소를 지었다.

갑자기 집과 남매가 솔에게서 멀어져 갔다. 에피는 바닥으로, 리더스는 위로 사라져 버렸다. 솔은 주위를 둘러보았다. 솔에게 남은 것은 아무것도 없는 검은 공간이었다.

"내… 집."

솔이 잠에서 깨어났다. 잠시 마음을 진정해야 했다. 열한 살의 자신이 아니고, 지금은 교회에 있다는 사실을 계속해서 되풀이했다. 바닥에 놓인 빨간 목도리를 바라보았다.

집. 솔에게 집은 리더스와 에피였다. 그들은 살라고 솔에게 말했다. 그럼 살아야 했다. 다시 집을 찾을 수 있을 때까지 버틸 것이다. 그게 얼마나 될지는 모르겠지만, 버텨내리라 솔은 결심했다.

03.

백합 한 송이

다음 날, 애벗 부인은 떠나지 않은 솔을 보고 웃으며 일을 주었다.

눈 치우기였다. 무려 그것도 솔이 한 번도 일어나 본 적 없는 새벽에 말이다. 심지어 처음 보는 사내와 함께였다.

"이거, 요즘 교회에서 아주 유명한 분 아닙니까. 만나 뵙게 되어서 너무 반가워유!"

교회에서 지내는 인원은 고작 다섯 명이었기에 유명하다는 말은 그저 농담에 가까웠다. 소녀는 고개를 들어 그를 보았다. 질렛은 마르고 키가 큰 시골 청년이었다. 그는 빨간 곱슬머리에 유난히 커다란 앞니를 지니고 있었다. 뚜렷한 이목구비와 높은 코를 가지고 있었지만, 바보같이 웃는 얼굴 때문에 그 모든 것이 가려졌다. 그는 때 묻지 않은 순수함을 지니고 있었다. 그리고 뒤늦게야 그에게 왼쪽 다리 하나가 없는 것을 발견했다.

"…."

솔은 묵묵하게 고개만 숙였다. 질렛은 살짝 무안한 표정으로 창고에서 빗자루 하나를 그녀에게 던져주었다. 저녁에 눈이 또 쏟아진 나머지, 다시 한번 교회 입구를 정리해야 했다.

"중국에서 오셨수? 아니면 인도?"

소녀는 다시 한번 고개를 숙였다. 자신도 어디 소속인지 모르기에 할 말이 없었다. 애벗 부인은 일단 솔이 인도인은 아닌 것 같아도 했다.

"아니면 원숭이 나라유?"

질렛은 나름대로 재미있는 농담을 던졌다 생각하는 것 같았다. 킬킬 웃다가 말이 없는 솔을 보며 민망해했다. 그리고 날씨 이야기를 중얼거리며 묘지 쪽으로 걸어 나갔다.

솔은 자신의 키보다 큰 빗자루를 이리저리 흔들며 눈을 치웠다.

"나는 왜 교회에 왔는지 아슈?"

질렛이 불쑥 뒤에서 나타났다. 그의 얼굴에는 심심하고 지루하다는 것이 쓰여있었다. 솔은 대답하지 않았지만 그는 빠르게 말을 꺼냈다.

“나는 원래 우유 만드는 사람이었수. 그런데, 우리 개새끼가, 부자 나리 마차 앞을 가로막아버린 것이요. 그 부자가 침을 퉷 뱉어버렸다랑께. 그랬더니 마차 몰던 사람들이, 개를 패부리는 것 아니여. 참으로 당황스러웠지. 그런데 개가 중한 것이 아니라 나도 다리를 다쳤단 말이오. 며칠 끙끙 앓더니 피는 멎었지만, 다리가 검붉어졌걸랑. 구빈 의원 놈이, 내 다리를 잘라야 한다고 그러는 것이 아니여. 쓰러졌다 일어나니 왼쪽 종아리가 옆에 놓여 있더군.”

질렛은 심각한 이야기를 깔깔거리며 풀었다.

“우유 장사도 망했고, 절뚝거리며 어찌 우유 배달을 합니까. 개새끼도 죽어버리고. 인느 목사가 받아줘서 다행이지. 정말 끔찍 다우. 나는, 나는 이 세상에서 인느 목사 훌륭한 사람은 없다 생각합니다. 정말 최고요. 그러니 학생도 교회에 온 거는 참말로 다행이랑께.”

질렛은 엄지를 올리고 솔을 향해 큰 앞니를 드러내며 함박웃음을 지었다. 순수한 시골 청년을 자신도 모르게 경계하고 있었다. 솔은 애매하게 고개를 끄덕였다. 저 호칭이 맞는 걸까 잠시 고민했다. 질렛은 자신의 이야기를 해서 만족한 듯했다. 그는 처음으로 마당 정리를 해서 자랑스러운 어린이 같이 성큼성큼 묘지 쪽으로 돌아갔다.

질렛은 몇 번이고 이야기하고 싶다며 솔 쪽으로 뛰어왔기에 청소는 오래 걸리고 말았다. 몇 분간 솔은 그 이야기를 집중해서 들었지만, 그것이 몇 시간으로 바뀌자, 질렛을 피해 다녀야 했다. 솔은 결국 기진맥진한 상태가 되어 방으로 들어가려 했다. 하지만 애벗 부인은 식사와 기도를 빼먹으면 안 된다며 솔을 끌고 나왔다.

세끼를 고루고루 챙겨 먹는 것이 익숙하지 않았다. 몇 년 전만 해도 식사는 저녁에 몰아서 했고, 식사 질이나 양은 그날의 수익에 따라 정해졌기에 하루하루가 달랐다. 사람들은 모두 아침 기도에 손을 모으고 있었다.

아침 기도는 간단했다. 인느 목사가 손에 깍지를 끼고 앞에 갔다 대면 사람들은 모두 따라 했다. 솔도 그 모양새를 따라 했다. 그리고 제일 중요한 것은 모두 눈을 감아야 했다. 처음에 솔은 눈을 감았지만, 나중에는 사람들의 표정과 얼굴을 보는 것이 재미있어 눈을 동그랗게 떴다.

인느 목사가 '아멘'이라 외치면 이 모든 행위가 종료되었고, 식사를 시작했다.

솔은 사람들과 어울리려고 애쓰며 밥을 먹었다. 오늘은 예배하는 날이라 했다. 교회 사람들은 어찌 조금 꾸민 모습이었다. 인느 목사는 가장 아끼는 검은 정장을 입었고, 잭과 질렛 모두 세련된 갈색 재킷을 입었다. 애벗 부인은 파란색 숄을 걸쳤고 라일락 인느는 빨간 구두를 신었다.

솔은 사람들이 몰린다는 것을 듣고 무서움을 느꼈기에 예배가 진행되기 전까지는 식당에 있기로 했다.

식당까지도 소란스러움은 울려 퍼졌다.

웃음과 환희, 그리고 희망으로 가득한 이들의 소리였다. 찬송가를 미리 불러보는 여자의 목소리, 결혼한 지 얼마 되지 않은 젊은 남녀의 목소리, 성경을 들여다보며 구절을 읊조리는 노인, 뛰어다니며 어른들에게 주의를 받는 어린이들까지. 솔은 괜한 두려움에 휩싸였다.

크리스마스 저녁에 거리를 배회하던 자신을 알아보는 사람이 있으면 어찌해야 할까. 아니면 술집의 손님이라도 마주치기라도 하면. 나 때문에 예배가 망쳐지면 어떡하지. 말도 안 되는 일인 것을 알았지만 하느님이라 불리는 남자가 그림에서 튀어나와서 욕을 퍼붓는 상상까지 하게 되었다.

솔은 기쁜 분위기 사이 사라지고 싶다고 생각했다. 더 작아져서 소멸해 버리고 싶었다.

"솔, 솔! 준비가 되었다."

애벗 부인은 웃으면서 손짓했다. 솔은 그녀의 뒤를 따랐다.

애벗 부인은 기꺼이 소녀와 교회 맨 뒷자리에 마련된 딱딱한 의자에 앉아주었다. 마을에 사는 모든 인원이 모인 것 같았다. 교회부터 사람들까지, 모두 하나가 되어 움직이는 것 같았다. 하나의 그림 같았다.

"일요일 예배를 시작하겠습니다."

인느 목사의 목소리가 교회를 가득 채웠다. 그는 단장에 서 있었다. 그에게서는 빛이 났다. 촛불 때문이 아니었다. 그의 웃음에 이유 모를 온기가 퍼지는 것 같았다.

"먼저 기도하겠습니다."

200명의 사람이 모두 고개를 숙이고 손을 모았다.

어린아이들이 키득거렸지만, 어른들이 머리를 쥐어박자 조용해졌다. 솔은 이번에도 눈을 크게 뜨고 사람들을 보았다. 무얼 생각해야 할지도, 그의 목소리를 들으며 무얼 떠올려야 할지도 몰랐기 때문이다.

기도가 끝나자, 잭과 질렛은 찬송가를 부르기 위해 앞에 섰다. 그들이 노래를 잘 부르는 것은 처음 알았다. 행복하게 노래하는 애벗 부인을 보며 다시 한번 당혹감을 느꼈다.

솔은 노래를 잘 불렀다. 술집에서도 동양인을 무대에 세우는 것을 꺼렸지만 솔의 노래와 춤 실력을 보고 단번에 허락했다. 솔은 매일 밤 억지 미소를 지으며 무대에 섰다. 속치마로 잔뜩 부풀린 무릎 위의 빨간 치마에 검은 망사 스타킹을 입는 것은 결코 좋은 경험은 아니었다. 사람들이 의미심장한 웃음을 지으며 그녀를 보는 시선이 하나하나 생각났다.

솔은 교회에서까지 술집을 생각하는 자신을 자책했다. 끝까지 노래 하나 부르지 못하고 고개를 푹 숙였다. 애벗 부인은 솔을 툭툭 치며 기꺼이 가사까지 미리 알려주었다.

"노래 부르는 거를 부끄러워하는구나. 괜찮아! 너도

나중에 무대에 설 정도로 멋지게 부를 수 있을 거니 말이다. 잭도 원래 그랬어."

솔은 절대 그런 일은 없을 거라 확신했다.

그러나 예배는 계속해서 기도와 찬송을 반복했다. 인느 목사는 단장에 다시 올라갈 때까지 솔은 경직해 있었다. 식은땀이 계속해서 났기에 보다 못한 애벗 부인이 손수건을 건넸다.

"마을에 있던 일을 설명해 드려야죠. 잭퍼슨 씨네가 이번에 아들을 낳았다고 합니다. 다들 가기 전에 축하 한마디 부탁드립니다. 그리고 에드의 아들분께서 이번에 치즈 배달을 시작하신다고 합니다. 또, 지피씨의 팔순이 이번 금요일입니다. 여러분, 모두 이분들께 박수 부탁드립니다."

사람들은 모두 웃으며 손뼉을 쳤다. 솔은 아직 그들에게 속하지 않았다고 생각했다. 동양 이방인을 과연 이 마을은 어떻게 생각할까.

인느 목사는 설교를 시작했다.

이야기는 이방인에 대한 이야기였다. 만약 솔이 성경을 한 번이라도 보았다면 이해했을지도 모른다. 목사가 자신을 위해 해주는 이야기라는 것은 단번에 알아차렸다. 그러나 솔은 흥미를 보이지 못했다. 오히려 흥미를 보인 것은 마을 사람들이었다. 이야기를 들으며 눈물을 보이는 사람들이 많았다. 심지어 질렛은 라일락 옆에서 심하게 훌쩍거려, 라일락이 계속 손을 잡아주어야 했다. 애벗 부인은 몇 번이나 솔을 쓰다듬으며 눈물을 보았다.

솔은 인느 목사를 바라보았다. 그는 솔을 보며 윙크했다. 울지 않은 자신이 너무 이상했다. 시선을 피했다. 심장 고동이 빨라졌다. 숨이 가빠졌다. 식은땀이 점점 났다. 버티기가 힘들었다. 오른손이 심하게 떨렸다. 버틸 수가 없었다.

벌떡 일어나서 방으로 뛰어갔다. 그리고 열쇠로 문을 잠갔다. 솔은 그리고 침대 옆, 차가운 바닥에 앉아서 몸을 웅크렸다.

분명 홉스가 말해던 교회는 마음이 안정되는 곳이라 했다. 이게 과연 맞는 설까.

교회는 너무나도 차갑게 다가왔다. 따뜻한 교회조차 차가운 솔은 그대로 받아들일 수가 없었다. 이러한 솔은 자신을 자책했다. 그리고 자신을 미워했다. 태어날 때부터 비정상인 사람이었다. 정상도 정상같이 받아들일 수가 없었고, 손가락질로 모든 사실을 알아야 했다. 잠시 바보 같은 착각을 했는가 보다. 정상적인 사람들 속에서 자신도 저런 사람이 될 수 있다는 멍청한 착각.

그때부터 교회와 솔 사이에는 무언의 벽이 생겼다.

넘어가지도 않고, 넘어와서도 안 되는 그런 벽이다.

1년 동안 교회에 천천히 스며들어 갔다. 적응이라고는 차마 적을 수 없었다.

솔에게는 몇 가지 일이 주어졌다. 교회 문을 활짝 열고, 사람들의 세숫물을 받아놓는 것으로 하루가 시작되었다. 오후에는 교회 옆에 공동묘지를 관리해야 했다. 일주일에 두 번, 예배가 열릴 때는 헌금함 옆에 가만히 서 있어야 했다. 그리고 이따금 마을 안의 심부름이 주어지면 그것은 솔의 몫이었다.

그리고 1년간 여러 큰 변화를 맞이했다. 예를 들어 처음으로 생일이란 걸 가지게 되었다.

"솔, 넌 생일이 언제니?"

아침 식사 시간이었다. 솔은 얼굴을 조금 붉히면서 생일을 모른다고 답했다.

"그럼 언제로 해야 하당께?"

소시지를 가득 물고 있던 질렛의 한마디는 생각보다 큰 파장을 만들어 냈다. 몇십 분 동안 사람들은 옥신각신이었다.

"크리스마스 다음 날로 하죠."

주제에 싫증이 난 라일락의 의견으로 마무리되었다.

또, 이런 일화도 있었다.

"아, 그런데 너는 몇 살이니?"

애벗 부인은 솔에게 나이를 물어보았다. 빈민가에서는 나이 먹는 것을 저주로 생각했기에, 한 번도 제대로 나이를 계산해 보려 하지 않았다. 간단한 산수로 인느 목사의 도움을 받아 열여섯 살이란 것을 밝혀냈다.

"솔, 나는 정말로 네가 많아 봤자 열 살인 줄 알았어. 말도 안 된다."

애벗 부인이 솔을 정성스럽게 먹인 결과, 키가 반 뼘이 자랐다. 그리고 어느 정도 소녀티가 나기 시작했다. 또한 특유의 부풀어 오르는 곱슬 때문에 질렛은 시내에서 솔을 위해 파란 손수건을 사 왔다.

솔은 무뚝뚝했지만, 인느 목사, 질렛, 부인과는 나쁘지 않은 관계를 유지했다. 질렛은 조용히 들어주는 솔이 좋아서 솔을 붙잡고 이야기하는 것을 즐겼다. 인느 목사는 이따금 솔을 불러서 바쁜데도 불구하고 성경을 가르쳐 주었다. 솔은 글을 몰랐기에 성경 구절을 외워서 다녔다. 부인은 계속해서 그녀를 챙겨주었다. 솔은 그들이 언젠가 자신의 무뚝뚝함에 질리지 않을까 걱정했지만, 다행히도 그럴 기미는 보이지 않았다. 솔은 그들에게 자신의 과거 이야기를 꺼내려 하지 않았기에 이야기에는 적당한 선이 유지되었다. 모두 그것을 편하게 여겼기에 오가는 시답잖은 대화만 늘어갔다.

반대로 잭과 라일락은 그들이 솔에게 다가오는 것을 꺼렸다. 잭은 솔을 보면 얼굴을 찌푸리며 피했다. 솔도 딱히 그에게 다가가지 않았다. 라일락 인느는 인느 목사에 대한 질투심 때문에 솔에게 못살게 굴었다. 제임스 인느가 떠난 이후로, 평생을 불안감에 둘러싸여 살았던 라일락 인느는 인느 목사조차 자신을 버릴까 매일 두려웠다.

예배를 주기적으로 겪으며 솔은 찬송가와 여러 구절도 외우게 되었다. 그러나 그녀는 아직도 기도 때 눈을 떴다. 애벗 부인은 그럴 때마다 솔에게 주의를 주었다. 차마 자신을 성실하고 바른 기독교인이라 말할 수 없었다. 그녀는 인느 목사와 부인을 존경했고, 그들이 존경하는 인물이 하느님이었으므로 그를 존경했다. 믿음과는 전혀 다른 문제였다.

마을은 어느 정도 솔을 받아들였다. 처음 솔이 헌금함 옆에 있을 때는 거의 괴물 취급을 당했다. 아이들은 원숭이라며 말하며 앞에서 코를 부여잡고 춤을 췄다. 몇몇 노인들은 헌금함으로 다가오다가도 침을 뱉고 돌아갔다. 어떤 사람은 어느 부족에서 왔냐고 묻기도 했다. 인디언 흉내를 내는 경우도 있었다. 솔은 딱히 불편해하지 않았다. 평생 겪어 왔던 일이라 기분 나쁜지도 몰랐다. 결국 헌금이 잠깐 대폭 줄었지만, 시간이 지나가며 원상으로 복구했다. 마을 사람 중에는 이제 그녀에게 인사를 건네는 사람들도 생겼다. 또한 먹을 것을 챙겨주는 사람들도 있었다. 솔은 그럴 때마다 부인에게 배운 대로 감사 인사를 건넸다.

"솔, 어디 있니?"

크리스마스가 다시 한번 다가오고 있었다. 다른 기도와 별 차이점은 없어 보였긴 하지만, 사람들은 두 배로 바빴다. 마을 사람들 전체가 모이려 한다 해도 과언이 아니었다. 심지어는 아래 포츠머스에 살던 사람들도 가족들을 보러 올라오는 경우가 많아서 꼼꼼한 준비가 필요했다. 성탄절에는 아이러니하게도 교회 사람들이 모두 예민했다. 인느 목사는 설교 대본만 열 번을 넘게 수정했고, 잭은 먼지 하나라도 보이면 난리를 쳤으며, 질렛은 교회 장식이 부족하다며 시내에 가서 온갖 잡동사니를 사 왔다. 물론 누구보다 예민했던 것은 다름 아닌 부인이었다. 사람들에게 나누어 줄 빵과 차를 계산하며 예배당 대청소만 여덟 번 이상을 진행하였다. 덕분에 솔과 라일락은 쉴 새 없이 뛰어다녔다.

"어머, 여기 있었구나."

솔은 몰래 주방에서 과자를 먹고 있었다. 저녁 식사 시간에도 어른들은 모이지 않았기에 허기에 지쳐 몰래 숨어든 것이다. 자원 봉사자 나누어 줄 과자는 이미 포장을 끝내서 상관없는 일이었다. 하지만 부인은 평소 식사 시간 외에는 간식을 허락하지 않았기에 솔은 묵묵히 바닥을 보았다. 입가에 과자 부스러기가 묻었다는 걸 알고 긴 소매로 슬쩍 닦았다.

"아, 솔. 과자를 먹고 있었구나." 부인은 오히려 너무나도 산만해서 그러한 사실도 잊어버린 것 같았다.

"급하게 시내 좀 다녀와 줄 수 있니? 내가 정신이 없어서 양초 수를 제대로 계산하지 못했단다. 양초 네 개만 더 사 오면 될 것 같아."

솔은 물끄러미 애벗 부인을 보았다. 솔은 시내로 나가는 것을 극도로 꺼렸다. 꺼리는 수준이 아니었다. 가끔 시내 이야기만 나오면 솔은 자리를 피했다. 부인이 까먹은 걸까? 심지어 오늘은 크리스마스 전날이었기에, 작년의 지옥 같던 하루를 연상케 해 기분이 썩 좋지 않았다.

"아, 내 정신 좀 봐. 잭에게 대신 부탁할게."

부인은 빠르게 솔의 표정을 살피더니 말했다.

"솔, 그러면 헌금함을 찾아서 꺼내줄래? 작은 거 말하는 거야."

솔은 바로 퍽퍽한 쿠키를 주머니에 몇 개 쑤셔 넣고 창고로 향했다. 작은 헌금함을 고치는 것은 생각보다 어려운 일이었다. 일단 솔이 교회로 온 이후 한 번도 본 적이 없으며, 매우 창고 깊숙한 곳에 자리하고 있었다. 먼지와 벌레 사체들이 헌금함 안을 채우고 있었기에 시간이 꽤 걸렸다. 끝나자마자 솔은 방으로 들어가 먼지 날리는 침대 위, 곤히 잠들었다.

모두가 기다리던 성탄절이 찾아왔다. 솔은 평소와

같이 교회 문을 열었다.

인느 목사는 결국 수많은 수정 끝에도 설교 도중 세 번이나 말실수를 했지만 오히려 사람들은 깔깔대며 좋아했다. 수많은 사람들이 교회를 방문했다. 마을 사람들부터, 포츠머스 사람들까지. 거기에 해군들과 선장 몇도 여인들의 말에 끌려온 것 같았다.

솔은 포츠머스 사람들을 경계했기에 구석 식당에서 생각보다 심심한 오전을 보냈다. 그러나 혹시나 일말의 희망에 리더스나 에피, 아니면 홉스가 있을까 빼꼼 고개를 내밀기도 했다. 오후에는 라일락이 가져온 헌금함 안이 가득 찼기에, 온갖 종류의 화폐와 시름해야 했다. 심지어 해군들이 낸 것만 같은, 바다 냄새 나는 이국적인 동전들 또한 많았다.

7시가 되자 거의 모든 사람이 웃으며 교회를 나갔다. 부인은 기진맥진이었지만 구걸하는 아이들에게 남은 빵을 모두 주었다. 잭은 쓰레기 청소를 계속했고, 질렛은 골치 아파하며 솔이 관리하던 헌금을 모두 세었다. 그러나 모두 피곤해했지만, 행복해했다. 인느 목사는 흐뭇해하며 꽁지만 남은 양초들을 모았다.

그때였다.

"저기. 인느 삼촌? 그, 누가, 아니, 어떤 높으신 분들이 방문했어요."

라일락 인느는 보기 안타까울 정도로 떨고 있었다. 말까지 더듬으며 조심스럽게 닫힌 교회 문을 가리켰다.

"높으신 분들?"

인느 목사가 물었다.

"은빛 마차를 타고 왔어요."

작은 마을에 은빛 마차라니. 정말 어울리지 않은 조합이었다. 솔은 밤에 이곳을 찾은 사람들이 누군지 궁금했다.

인느 목사 또한 당황한 기색이었다.

"누구든 문밖에 세워두는 것은 예의가 아니지. 문을 열어드려야겠구나."

인느 목사는 라일락과 솔에게 눈짓했나. 둘은 달려가서 문을 활짝 열었다. 솔은 예법이나 예의를 잘 몰랐기에 문을 열고 멀뚱멀뚱 앞에 서 있었다. 보다 못한 라일락 인느가 그녀를 끌고 구석으로 끌고 갔다.

지팡이 소리가 예배당을 가득 채웠다. 마치 심장 박동 소리 같아서 교회 사람들은 소리가 날 때마다 가슴을 잠재워야 했다.

"안녕하세요. 포츠머스 성의 에플로레스 경입니다."

늙은 하인의 목소리가 교회에 울려 퍼졌다. 투박한 교회와는 전혀 어울리지 않는 가느다란 목소리였다. 또한 소녀나 마을 사람들은 태어나서 들어본 적 없을 정도로 고급스러운 단어 선정에 발음이 두드러졌다. 솔은 하인의 뒤에서 성큼성큼 들어오는 귀족 남성을 뚫어져라 보았다.

머리에는 분칠을 하고, 금발을 지닌 사내였다. 수염을 멋들어지게 기르고 한 번도 꿰맨 적도, 몇 번 입어본 적도 없는 짙은 파란 정장을 입고 있었다. 눈 속에는 오만함과 품위를 지니고 있었기에, 눈을 마주치기만 해도 누구나 압도될 것 같았다.

인느 목사는 떨지 않았다. 정확히는 떨지 않으려고 애쓰고 있었다. 그는 눈을 감고 숨을 골랐다. 교회에 저런 귀한 사람이 온 것은 처음이었다.

"안녕하세요. 사우스윅 교회의 주인인 요한 인느입니다. 인느 목사라 불러주세요. 실례가 안 된다면 응접실로 모셔서 이야기 나눌까요?"

교회에 응접실은 없었다. 그러나 교회 사람들은 가끔 손님을 맞으면 식당을 응접실이라 불렀다. 에플로레스 씨는 하인에게 눈짓했다.

"부인과 아가씨들을 들이겠습니다."

머리가 벗겨진 하인은 달려 나갔다. 곧, 두 명의 여자가 들어왔다. 키가 큰 여자는 아이의 어머니인 것 같았다. 갈색 머리 여자는 소녀티를 벗어서 곧 결혼할 것 같았다. 두 사람은 하늘하늘한 드레스 위에 값비싼 망토를 두르고 있었다. 공원에서 부자들을 볼 때랑은 또 느낌이 달랐다. 밤에 달빛이 은은하게 드는 교회에 양초가 살짝 타는 소리까지 오직 그들을 위한 무대 같았다.

잠깐의 시간을 두고 누군가 걸어 들어왔다. 무언가 달랐다. 하느님이란 자가 세상을 만들 때 신경 써서 만든 무언가 같았다.

그 여자는 솔이 본 그 무엇보다도 아름다웠다. 귀족들의 품위나 예법에 따라 생기는 아름다움이 아니었다. 사람 자체에서 나온 아름다움이었다. 앞 사람들과는 달리 혼지 분홍색에 꽃다발 같은 드레스를 입고 있었다. 작은 보닛 아래에는 한 번도 때 묻지 않은 금발이 흘러내렸다. 피부는 창백했고, 볼은 복숭앗빛이었다. 인위적인 분칠로 만들어진 것이 아니었다. 오뚝한 코 아래 입은 담백한 미소를 지니고 있었다. 앞 사람들과는 무언가가 확연히 달랐다.

솔은 태어나서 단 한 번도 외모에 대한 불만을 지닌 적이 없었다. 그러나 그 어린 아가씨가 장미꽃 향기를 풍기며 앞을 지나가자, 부끄러운 마음을 지울 수 없었다.

솔은 고개를 들어 가족들의 뒷모습을 보았다. 무언가가 그들과 솔 사이를 내리친 느낌이었다. 그들에게는 압도되는 아우라가 있었다. 심지어 착한 미소를 짓고 있는 저 예쁜 작은 아가씨까지, 감히 다가갈 수 없을 것만 같았다.

인느 목사가 그들을 모시고 식당으로 향했다. 부인은 식당이 깨끗한지 확인한 후, 차와 먹을 것을 내놔야 한다며 벌떡 뛰어갔다.

라일락과 잭, 질렛은 예배당 아래 긴 의자에 앉아서 이야기를 나누었다. 솔은 식당으로 가는 아카시아 문을 바라보며 생각했다. 저런 상류층 사람이 되는 것은 어떤 기분일까. 자신이 머리에 분칠을 하고 화려한 드레스를 입으며 호화롭게 이야기하는 것을 상상했다. 어울리지 않았다. 사람들이 말하던 대로 원숭이에게 장난감 드레스를 입힌 꼴이 될 거다.

생전 처음 본 사람에 의해 생각이 많아졌다. 예전에

는 아름다움에 관한 생각이 전혀 없었다. 그러나 저 작은 아가씨를, 매력으로 모두를 압도하는 사람을 보라. 만약 내가 그렇게 변한다면 에피와 리더스는 좋아할까?

"뭘 생각하슈."

질렛이 말을 걸었다. 솔은 턱을 괴고 짧게 대답했다.

"그냥요."

"성 근처에 가본 적 있슈? 나는, 시내에 갔을 때 멀리서 본 게 다유. 근데 참말로 저 부자 나리들, 어이쁘지 않혀?"

"그러네요…. 나와는 달리."

솔은 아무 생각 없이 대답했다. 그러나 질렛은 눈을 동그랗게 뜨고 말했다.

"전혀. 왜 그렇게 생각하슈. 얼굴 색 때문이여?"

"아… 아뇨. 그냥."

"저들이 이상한 거지. 우리 같은 사람들이 결혼하는 데에는 지장 없수. 솔노 이세 몇 년 안 남았잖아?"

솔은 다시 결혼에 대해 생각했다. 아직 누군가를 사랑해 본 적도, 적어도 좋아해 본 적도 없는데 결혼이라니. 무슨 뜬구름 잡는 소리인가. 자신이 결혼이라는 행위를 통해 누군가와 한평생을 보낸다니 생각해 본 적도 없다. 심지어 잠시 술집에서 일했던 나를 누가 좋아할까?

"질렛은 안 해요?"

"나는 약혼녀가 있수. 몰랐나? 좀 멀리 있지."

"어디예요?"

"아마…흠 저기 별들 사이에 있겠군."

질렛은 잠시 암울해하더니 곧 미소를 되찾았다.

"괜찮아. 대신 솔 결혼하는 거나 보지."

솔은 아직 결혼에 대한 답변을 내놓은 적 없으므로 그저 어색한 웃음을 보였다.

갑자기 식당 문이 활짝 열렸다. 그리고 하인이 나온 뒤, 차례대로 그들이 걸어 나왔다. 인느 목사는 살짝 놀란 것 같았다.

"이거 저녁에 큰 실례였군. 고맙소이다."

에플로레스 씨는 살짝 고개를 끄덕이고 문 쪽으로 걸어 나갔다. 마지막으로 작은 아가씨가 걸어가는 것을 보았다.

솔은 그녀의 얼굴을 넋 놓고 바라보았다. 그러나 곧 그 작은 아가씨가 고개를 돌려 솔을 바라보는 것 아닌가. 그랬더니 솔과 눈을 마주치며 장난스레 한쪽 눈을 감았다. 솔은 당황스러워서 얼굴이 붉어진 것도 몰랐다. 귀가 빨개진 솔은 바로 인느 목사를 따라 고개를 숙였다.

"인느 삼촌 뭐예요? 무슨 일이에요?"

가장 먼저 입을 연 것은 라일락 인느였다.

"그러게, 무슨 일 이유?"

질렛이 묻자 말 없던 잭도 고개를 끄덕였다.

"자신들을 위해 잠깐의 기도와 말을 해달라고 했어요. 그게 답니다."

넷은 말을 잃었다. 그 잠깐의 20분을 위해 저런 엉덩이 무거운 부자들이 이런 시골을 찾아왔다고? 이게 무슨 말도 안 되는 소리인가.

"아, 그리고 에플로레스 아씨들께서 매주 이곳에서 기도하고 싶다고 하더군. 매주 화요일 아침마다 오기로 했습니다."

솔은 더 놀라 그를 보았다. 솔뿐만이 아니었다. 모든 사람이 상당히 우스꽝스러울 정도로 황당한 표정을 짓고 있었다. 멀리서 누군가 보았으면 비웃었을 정도였다.

"포츠머스에는 교회에 없습니까? 이 작은 동네까지…."

잭이 놀라서 말했다. 솔은 포츠머스를 떠올렸다. 솔이 살았던 쪽은 빈민가라 집시나 거지들로 가득했다. 하지만 말로만 듣던 상류층 쪽은 으리으리한 교회에, 건물에, 멀끔한 법원에, 커다란 극장까지 아주 빛이 난다고 했다.

"조용한 곳을 원했던 걸 수도 있지. 저런 부자들 사이에서는 괴짜들도 많으니까."

애벗 부인이 거들었다.

"자, 이만 들어갑시다. 내일은 솔의 생일잔치를 하기로 했잖소."

인느 목사가 침착한 목소리로 말했다.

하지만 교회 사람들은 생각이 달랐다. 모두 귀족을 처음 보았기에 너무나도 놀란 것 같았다. 특히 라일락 인느는 항상 '예의 바르'고 '착한' 상류층 아가씨들에 대해 이야기했다. 그녀는 꿈꾸는 듯 몽롱한 표정이었다.

인느는 떠나려는 솔을 잡았다.

"솔, 부인이 파이를 만들 예정이다. 무려 고기파이를 말이다. 생일이 기대되지 않니?"

그저 한 살 더 먹는다는 것이 고통스러웠을 뿐, 솔은 딱히 생일에 대한 감흥은 없었다.

"좋아요. 감사해요, 인."

솔은 항상 인느 목사를 발음하는 것을 어려워했다. 따라서 인느를 인이라 불렀고 딱히 그는 기분 나빠하지 않았기에 칭호는 그렇게 굳었다.

"너한테 감사하다는 말을 듣는 건 언제나 기분이 좋구나. 잘 자라."

솔은 계단을 디디며 그 작은 아가씨에 대해 생각했다. 그 아가씨는 동양인을 분명 싫어하겠지. 하지만 분명 미소를 지어주었다. 만약 그 아름다운 얼굴이 찡그러지면… 또 상처받을까. 언제부터 그런 것을 신경 썼는가. 솔은 아가씨에게 들을 수 있는 모든 욕을 하나하나 떠올리다가, 결코 이 말은 그 작고 예의 바른 아가씨와 어울리지 않는다는 것을 깨달았다.

무언가에 압도되어서 쉽사리 잠에 들지 못했나.

04.

근사한 거짓

솔의 생일 파티는 생각보다 거창하게 치러졌다. 마을 사람 중 두 명이 참여하고 싶다고 교회에 들어오기도 했다. 할 게 없어 심심했던 60세 노인은 동양인 솔을 보고 화들짝 놀라 달아났다. 한 명은 뚱뚱한 여인이었는데 착한 솔에게 몇 번 먹을 것을 가져다주곤 했다. 잭은 피곤하다는 핑계로 생일파티 동안 마을을 산책했다.

부인은 정말 큰 고기파이를 내어왔다. 솔은 이렇게 많은 양의 고기는 처음 보았다. 파이는 솔의 손 한 뼘보다 컸다. 대략 두 뼘은 되는 것 같았다. 그 외에도 질렛은 따뜻한 우유에 꿀을 타왔다. 솔은 이러한 대접이 처음이라 어쩔 줄 몰라 했다. 교회 사람들도 잔치는 오랜만이라 다들 설레는 것 같았다.

"솔, 벌써 교회에 온 지 1년이 다 되어가는구나."

부인이 솔의 옆에 앉으며 말했다.

“그러게유. 벌써 키가 아주, 쑥쑥 크는구먼. 그리고 저 아가씨 태를 봐유.”

“식사 시작 전에, 다들 기도합시다.”

인느 목사가 고개를 숙였다.

인느가 중얼거리는 소리에, 솔은 눈을 뜨고 주위를 보았다. 많은 사람 사이에 혼자만 붕 뜬 것 같았다. 분명 자신의 생일 파티라 했는데 그런 기분은 들지 않았다. 리더스와 에피가 초대되었으면 한다. 그들 중 하나라도 솔의 곁에 있었다면, 특별한 날이라는 생각이 들었을 것이다. 그저 가족은 아니지만 친절한 사람들 사이에 애매하게 껴 있는 것 같았다.

라일락이 살짝 실눈을 떴다. 그리고 솔과 눈이 마주쳤다. 라일락은 얼굴을 찌푸리며 바로 눈을 감았다. 솔의 존재도, 생일파티도 마음에 들지 않았다.

“아멘!”

각기 다른 억양의 끝맺음이 이어졌고, 사람들은 식사를 시작했다. 교회가 늘 그렇듯, 특별한 이야기는 없었다. 솔은 오가는 대화에 살짝씩 지쳐갔다.

“솔이 잘 적응해 줘서 정말 고마울 따름이죠.”

인느 목사가 따뜻한 어투로 말했다.

“그러게요. 이렇게 이쁜 아이가, 어디서 나타났을까요.”

“결혼도 곧 해야쥬.”

질렛은 이상하게 계속 결혼에 집착했다.

“신랑감이 있나, 어디서 찾지.”

애벗 부인은 고개를 갸웃거리다, 마을에서 온 여인과 눈이 마주쳤다. 마을에서 온 여자는 말이 많고 소문난 사람이었다. 마을의 소문은 꿰고 있었고, 심지어 포츠머스 도시까지 모든 이야기는 알고 있었을 것이다. 말 많은 애벗 부인은 평소 여자와 가깝게 지냈다. 여자는 입맛을 다시며 고기파이 조각을 먹었다. 부인은 큼지막한 조각을 또 하나 여자에게 건넸다.

“잭퍼슨 부인, 요즘 여자 찾고 있는 남자 없어?”

“그런데…. 아이가 동양인이라…. 하아 또래 동양인 남자는 흔치 않지. 런던을 뒤져도 10명 나올까인데.”

“저기, 그 파란 지붕 집! 거기 딱 솔만 한 인물 찾고 있다고 하지 않았어?”

“솔이 아주 일도 잘하고, 똑똑하지만… 동양인이지…. 남자가 동양인을 혐오해서 문짝에서 바로 쫓겨

날걸."

잭퍼슨 부인은 한숨을 내쉬었다. 솔은 딱히 원치 않은 눈치였다. 인느 목사는 솔의 표정을 보고는 주제를 돌렸다.

"솔 안 그래도, 약소하지만 내가 선물을 준비했다."

라일락은 인느 목사를 쏘아봤다.

"내가 옛날에 쓰던 성경이다. 딱 너만 할 때 쥐고 다녔지. 글도 내가 천천히 알려주마."

솔은 최대한 기쁜 티를 내려고 노력했다. 은은한 미소를 지으며 말했다.

"고마워요, 인."

성경은 파란 너덜너덜한 표지를 지니고 있었다. 살짝 펼쳐보자 익숙한 인느 목사의 글씨체가 가득했다. 열심히 성경을 공부한 흔적이었다. 솔은 경찰관 홉스에게 받은 목도리를 다음으로-물론 홉스가 반강제로 쥐여준 거였지만-처음 받아보는 온전한 선물이었다. 솔은 내 것이라는 신기함에 성경을 꼭 쥐고 놓아주지 않았다.

"나도 질렛과 뭘 좀 준비했어. 어떠니, 나름 장터에 가서 제일 잘나가는 거로 받은 거야. 새 옷이란다. 네가 첫날에 받은 옷가지들은 좀 낡고 해졌잖니. 그리고 아가씨가 영국에서 살아남으려면 옷이 두 벌은 필요해."

질렛은 뻐드렁니가 보이게 입을 벌리고 기대된다는 표정을 지었다. 그는 신문지 아래에 드레스 하나를 건네주었다. 밝은 연분홍색 배경 아래, 허리가 두드러지는 옷이었다. 비단으로 만든 건 아니라 수수했지만, 은은한 레이스가 나타나서 아름다웠다. 가슴 윗부분에는 하얀 단추 두 개가 박혀 있었다. 라일락의 옷장에 있는 것과 비슷하게 비싸 보였다. 솔은 옷을 보며 귀족을 생각했다. 꼭 귀족 아가씨가 입는 것 같았다. 솔에게는 처음 주어진 노동복이 아닌 옷이었다.

"예배가 있을 때 입으슈. 잘 어울릴 것 같우."

라일락은 무척 솔을 부러워하고 있는 것 같았다.

"고마워요."

"입어봐, 솔. 부인이 도와줄 거다."

인느 목사가 잔을 들며 밀했다. 부인은 기다렸다는 듯 벌떡 일어나서 솔을 끌고 부인의 방으로 들어갔다. 솔은 약간 부담스러워하며 문을 닫았다.

"역시, 내 안목은 확실해! 솔, 코르셋을 줄게. 한번 써볼래?"

코르셋을 보는 건 처음이었다. 앞에 끈이 있어서 스스로 조일 수 있었다. 부인은 흰 스타킹과 드레스를 건네주었다. 솔은 낯선 곳에 온 듯 천천히 행동했다.

"아주, 아주 만족스럽구나! 정말 숙녀가 다 되었구나."

거울에 비친 솔은 자신의 모습을 부정하고 싶었다. 솔은 어른이 되어가고 있었다. 길에서 구걸하는 아이가 아니라, 길을 오가며 주머니를 털릴까 조심해야 하는 어른이었다. 치마는 더 이상 발목에 자리하지 않고, 바닥을 쓸었다. 머리만 올려 묶었다면 기혼 여성으로 오해받을 수도 있을 것만 같았다. 코르셋이 어색하게 허리를 조이는 것 때문인지, 솔은 숨을 쉬기가 어려웠다. 에피, 에피가 이 모습을 봐야 한다. 솔이 술집으로 납치당할 때의 에피 모습을 그려보았다. 과연 그녀도 숙녀의 모습이었을까.

부인은 호들갑을 떨며 솔을 데리고 계단을 거의 뛰다시피 내려갔다. 솔이 식당으로 걸어 나가자 사람들은 칭찬을 해주었다. 결혼과 성인이란 말이 다가오는 게 이상했다. 정말 이상했다.

솔의 생일 파티는 잭이 산책을 끝내고 걸어오는 것으로 끝났다.

생일날 오후는 혼자 나무 그늘에서 보냈다. 곰곰이 생각하며 겨울 공기 가득한 찬 바람을 쐬고 있었다. 산책할 만한 날씨는 전혀 아니었기에 덕분에 사람도 없었다. 솔은 이 평화를 온전히 만끽했다. 1년이나 버텼는데 아무런 소식조차 없는 에피와 리더스가 원망스러웠다. 아니다 보고 싶었다. 아니다 불안하다. 아니다 그립다. 아니다 애틋하다. 많은 감정이 몰려와서 한 덩어리로 얽힌 것 같았다. 너무 잔뜩 꼬이는 바람에 풀리지도 않았다. 요즘 그들을 생각하면 가슴이 쿵 내려앉는 느낌이다. 그들이 나를 잊었을까 봐 겁난다. 그들의 미소가 더 이상 생각나지 않는다.

애초에 그들이 나를 찾을 수 있을까.

기다림도 지친다. 2년 동안 기다렸다. 앞으로 더 얼마나 기다릴 수 있을까 의문이 든다.

사는 것도 지친다.

나이를 먹는 것도 지친다.

솔은 조용히 눈을 감으며 생각과 감정을 덜어내려고 애썼다. 오직 추위만 머릿속에 남길 수 있도록. 나무 아래에서, 기다림의 시간을 인내할 수 있도록.

"아, 죄송합니다."

솔은 화요일 새벽이란 것도 잊고 예배당 안으로 들어갔다. 작은 에플로레스 아가씨는 그녀를 무시하고 손을 모으고 있었다. 또 다른 드레스와 장식에 아침부터 머리에 분칠을 했었다. 망토는 그녀의 옆에 얌전히 정리되어 있었다. 솔은 조용히 그 장면을 지켜보았다. 은은한 겨울 새벽 공기에, 어두컴컴한 밖과 대비되는 다섯 개의 촛불이 켜진 예배당. 잠깐씩 새소리가 들려와 거룩한 분위기를 만들어내는 데 일조했다. 같은 장소인데도 신기하게 다가왔다. 꼭 에피가 들려주던 동화 속의 한 장면 같았다.

기도란 명목 아래에 귀족들이 매주 오간 지 반년은 넘었지만, 솔이 그들과 마주친 것은 처음이었다.

아가씨는 솔이 기도할 때처럼 동그랗게 눈을 뜨고 있었다. 그리고 큰 파란 눈으로 솔을 바라보았다. 둘이 눈이 마주치자, 솔은 저도 모르게 죄책감에 눈을 피했다. 부자 아가씨를 몰래 보고 있다니, 부인이 들었다면 혼냈을 것이다. 그리고 솔은 자신의 차림새가 너무 초라하다고 느꼈다. 어제의 드레스를 입고 나올걸, 솔은 후회하며 자리를 피하려 했다.

"누구니."

꿈꾸는 듯한 몽롱한 목소리였다. 작은 에플로레스 아가씨가 입을 연 것이다. 솔은 어쩔 줄 몰라 하다가 다시 몸을 드러냈다.

"솔입니다. 교회의 잡일 하는 아이입니다."

"그렇구나."

"왜 눈을 뜨고 계세요?"

솔은 저도 모르게 물었다. 솔처럼 기도할 때 그러한 행동을 하는 것처럼 아가씨가 처음이었다.

"딱히 기도할 게 없어서."

예상치 못한 답에 솔은 말을 잃었다. 아가씨는 모두를 홀릴 미소를 짓더니 가까이 오라는 듯 손짓했다. 다행히도 머리가 벗겨진 하인은 뒤에서 꾸벅꾸벅 졸고 있었다.

"키가 작구나. 몇 살이니."

"열일곱 살쯤 되어요."

"내가 두 살 더 많네."

아가씨는 재미있다는 듯 키득키득 웃었다. 솔은 그녀가 웃는 것을 쳐다보았다.

"원래 교회에서 일했니?"

"아뇨. 포츠머스 빈민가에 있었습니다."

"내가 아는 사람도 거기에 살았었는데."

솔은 과연 어떻게 상류층 아가씨에게 빈민촌 지인이 있는지 궁금했지만 묻지는 않았다. 귀족들이 하는 농담의 일종이라 생각했다.

"내 이름은 릴리야. 릴리 에플로레스. 릴리라 불러도 돼."

확실히 신기한 사람이었다. 약간의 괴짜 기질도 있는 것 같았다. 원래 예쁜 사람들은 살짝씩 나사가 빠져 있는 것인가. 그러나 솔은 그런 호칭이 불편했기에 고개를 저었다.

"내 이름을 불러주는 사람이 없어서 그래. 형제자매만 10명이지만 아무도 불러주지 않지. 부디 불러주렴. 나도 너를 솔이라 부를게."

솔은 뜸 들이다 말했다.

"네…. 릴리."

릴리 에플로레스는 만족스러운 미소를 지었다. 미소가 아름다웠다. 그리고 기지개를 켜더니 눈을 크게 뜨고 상상치도 못한 말을 했다.

"대체 여자 혈육은 어디로 간 거지. 또 남자랑 놀고

있나."

솔은 릴리가 말실수를 한 것 같아서 그저 눈을 껌벅였다. 고상한 어투로 그런 말을 꺼내다니, 어느 때 들은 말보다 충격적이었다. 그러나 귀족 아가씨는 오히려 웃으며 말했다.

"그 애가 여기에 온 이유는 그 하나일걸. 물론 여기는 교회지만."

솔은 못 들은 척을 했다.

"솔은 과묵하구나. 내가 여기 왜 왔는지는 궁금하지 않아?"

솔은 내심 궁금했기에 다시 고개를 돌렸다. 금발의 아가씨는 파란 눈을 굴리며 장난스럽게 웃었다.

"곧 교회로 어떤 아이가 들어올 거야. 너랑 비슷…한 나이일 수도 있겠다! 갑자기 짠, 하고 그 아이를 넣기는 예의가 아니잖아. 그래서 나와 언니는 교회와 신뢰를 쌓은 수단인 거지. 들어올 아이가 기대되지 않니?"

솔은 딱히 사교적인 성격이 아니었기에, 아이가 들어온다는 소식이 좋지는 않았다. 아마 부자의 막내딸이고 고집 세고 버릇없을 수도 있다. 하지만 예의상 말을 꺼낼 수밖에 없었다.

"기대되네요."

"그래, 다 내가 생각해 낸 거지."

귀족 아가씨는 약간 자부심을 느끼며 칭찬을 바라는 듯했다. 이런 모습을 보면 꼭 아이 같았다.

"멋지네요."

"고마워."

릴리가 갑자기 물었다.

"교회에 뒷마당이 있니? 언니는 거기 있는 것 같은데. 하지만 너랑 나 둘 다 그런 꼴을 보기는 바라지 않으니, 그냥 있자."

솔은 이 상황이 생각보다 긴장되어서 빨리 이 아가씨가 가주었으면 했다.

"교회는 참 조용하구나."

솔과 릴리는 그 뒤로 아무도 말을 꺼내지 않았다. 금발의 괴짜 소녀는 무언가 골똘히 생각하는 듯했다. 솔은 딱히 그녀를 방해하려 하지 않았기에, 의자 옆에 조용히 서 있었다. 다리가 아프다고 생각할 때쯤, 남녀가 교회로 들어왔다.

"동생아, 가자꾸나."

큰 에플로레스 아가씨였다. 옆에 있는 사내는…놀랍

게도 잭이었다. 살짝 흐트러진 머리에 평소와 다른 바보 같은 표정을 짓고 있었다.

“언니, 산책은 즐거웠어? 저분이 언니와 기도를 해준 사람이구나. 토마스가 같이 못 가서 무척 불안해했어.”

릴리가 토마스란 하인을 깨우며 말했다. 토마스는 릴리가 부여해 준 역할에 맞게 빠르게 일어나서 자신의 불안함을 설명했다. 잭은 상류층 아가씨들 때문에 당황하고 있었다. 릴리의 말은 언니를 한껏 비꼬는 것 같았다. 하지만 릴리의 표정과 몸짓이 그것을 가려주었다. 그녀는 단지 언니가 없어서 걱정한 어린 소녀 같았다.

“그랬구나. 빨리 가자. 아침 식사에 늦겠다.”

솔은 잭과 어색하게 둘이 마주치기는 싫었으므로 잭이 못 보게 2층으로 올라갔다. 가기 전, 물론 마차에 타는 두 아가씨에게는 인사를 까먹지 않았다.

아침 식사는 소란스러웠다. 잭이 엄청난 소식을 전했기 때문이다.

“그 귀족들 말이에요. 우리 교회를 후원하겠대요! 맙소사.”

인느 목사는 거의 얼어붙은 것 같았다. 애벗 부인은

포크를 떨어트렸다. 질렛은 먹던 물을 도로 뱉었다. 라일락 인느는 놀라 토끼 눈으로 쳐다보았다. 교회에 후원은 끊긴 지 오래되었다. 후원이란 이질감 드는 단어에 사람들은 깜짝 놀랐다.

"후원? 그런 말은 없었는데."

인느 목사가 고개를 갸웃하며 물었다.

"매달 준비해 준다고 하더군요. 마침, 지금 헌금으로 아슬아슬하게 유지되던 교회 아닙니까."

잭은 유난히 오늘따라 얼굴이 붉었고, 말이 많았다.

"그것참 유별난 사람들이구먼. 왜 이 시골구석에."

인도인 주부가 핵심을 찔렀다. 모두 환희 속에 가지고 있는 의문이었다. 망해도 마을 사람들 빼곤 아무도 모를 만한 교회 구석을, 누가 신경 쓴다고 이런 짓을 한단 말인가.

하지만 순진한 질렛은 이번만큼은 잭의 편이었다.

"지금 우리 교회는 삐쩍 말라가고 있당께. 넙죽 절해도 이상하지 않다우."

"그래요, 부인. 우리 지금 새 옷 입은 지도 몇 년이 지났어요."

"우리 이제 마음껏 먹을 수도 있다는 거랑께!"

"저 정말 기대되어요."

라일락과 질렛은 잔뜩 흥분해서 후원금이 쓰일 곳을 상의하기 시작했다. 솔은 의심스러운 생각을 지울 수 없었다. 생각해 보니 큰 가문에서 이 교회에 어떤 아이를 넣는다는 것도 이상했다. 런던에 엄격하고 유명한 기숙학교라면 셀 수도 없을 만큼 많을 것이고, 아래 포츠머스에도 몇 그런 곳이었다. 기숙학교까진 아니더라도 부유한 교회에서 운영하는 자선 학교도 많을 것이다. 왜 하필 이 무너져가는 작은 교회인가. 곧 끊어질 몸에 누군가 억지로 숨을 불어주는 느낌이었다.

잭은 묘하게 자랑스러운 표정을 짓고 있었다. 솔은 아침에 들은 것을 곱씹다가 그냥 잊기로 결심했다.

며칠간 일을 처리하다가, 솔은 어느새 에피와 리더스를 기다리는 것을 잠시 잊었다는 거를 알아냈다. 오히려 솔은 새롭게 다가온 릴리를 기다리고 있었다. 솔과는 몇 말조차 나누어 본 적 없는, 오만해 보이고 수상한 부자 아가씨를 말이다. 기다림은 새로운 기다림으로 가려졌다.

다음 주 화요일이 되자, 솔은 미리 예배당 안에 들어가 있었다. 떨리는 마음으로 손을 모으는 시늉을 하고 있었다. 인느가 준 성경은 대충 펴놓았다. 글을 아직 읽을 줄 몰라서 의미 없는 짓이었다.

문이 열렸다. 솔은 뒤를 돌아보지 않았다. 기도에 집중한 시늉을 했다. 누군가의 소리가 들렸다. 옆에서 온기가 느껴졌다. 솔은 눈을 뜨지 않았다. 약간의 꽃내음도 났다. 드레스 장식이 솔의 손에 닿자, 솔은 바로 옆 사람이 누군지 직감할 수 있었다.

솔은 떨리는 나머지 한참 눈을 뜨지 않았다. 그리고 자신을 진정시키고 눈을 떴다. 교회는 어느새 또 다르게 보였다. 오직 한 사람 때문에. 그것도 솔의 바로 옆에 앉아 있는 사람 때문에. 오늘도 눈을 뜨고 기도를 하는 릴리는 장난스레 솔에게 미소를 지었다. 솔은 당황하며 살짝 옆으로 물러났다.

"열심히 하네. 반가워 솔."

"네…. 릴리."

릴리는 콧노래를 흥얼거렸다. 목소리가 아름다웠다.

"저희 교회를… 후원하신다면서요."

솔이 먼저 말을 꺼냈다.

"아, 맞아!"

"혹시 이유를 여쭈어보아도 되나요."

"내가 지난주에 말했잖아. 교회에 새로운 아이가 올 거야. 그것도 오늘! 어제 막 런던에서 도착했어. 우리는 정확히 말하자면 그 아이를 후원하는 거야. 뭐, 겸사겸사 교회도 후원하는 거고."

릴리는 잠시 턱을 괴고 생각하는 시늉을 했다. 그리고 웃으며 솔을 보았다.

"내가 사실 기독교 신자가 아니라면 믿겠니?"

"네?"

"나는 딱히 기도하는 거를 안 좋아해. 내가 눈을 뜨고 기도하는 이유는 그것 때문이야. 게다가 딱히 종교에 의지해본 적도 없고, 앞으로도 그럴 생각은 없어. 그리고 난 기도를 드릴 대상도 없어. 정확히는 행복을 빌어줄 사람이 없지."

솔은 아무 말도 하지 않았다.

"이런 말을 가족들 앞에서 한다면 난 가문에서 쫓겨날 거야. 난 그기를 바라지 않아. 솔, 말하지 않을 거지?"

"네, 릴리."

"그래서 교회 오는 게 고통스러웠는데, 네가 있어서 다행이야."

솔은 신선한 충격에 어지러움을 느꼈다.

"넌 정말 특이해. 뭐 몇 번 안 봤긴 하지만. 정말 신기해, 내가 살면서 한 번도 본 적이 없는 사람이야. 동양인은 모두 신비롭고 비밀스러운 줄 알았는데, 넌 다르니. 약간 회색 속에서 살다가 하양을 본 느낌이랄까. 뭔가 넌 백지 같아. 부담스러웠다면 미안해. 내가 은근 조사하고 탐색하는 거를 좋아해서."

솔은 그녀가 모든 사람에게 이러고 다니는지 궁금했다. 독특한 사람이었다. 옆 사람이 말을 꺼내지 않자, 릴리는 다시 화창한 미소를 머금고 말했다.

"아마 오후쯤 아이가 올 거야. 나도 그 애를 오랜만에 보는 거라 기대돼."

릴리는 말이 끝나자 다시 손을 모으고 기도했다. 솔은 빠른 행동 변화에 고개를 갸웃거리다가 멀리서 인느 목사가 다가오는 것을 보았다. 무척 민첩한 사람이다. 그리고 소리에 저렇게 예민할 수가 있나.

"에플로레스 양, 기도를 방해해서 미안합니다."

"아니에요. 인느 목사님. 이렇게 깨끗하고 아름다운 교회에서 예배할 수 있도록 허락해 주신 것만 해도 정말 감사해요. 제 기도가 부디, 그분께 닿았으면 하네요."

"교회를 좋아해 주신다니 다행입니다. 하느님은 분명 기도에 응답하실 겁니다."

"부디 그랬으면 해요. 전 가족들을 무척 사랑하고, 항상 건강했으면 하거든요. 그들을 생각하며 기도하곤 해요. 전 요즘 성경을 자주 읽어요. 읽을수록 마음이 편해지고, 마치 하느님의 품에 있는 것 같아요. 새벽에 이리 집중해서 성경을 읽고, 기도드릴 수 있다는 것은 정말 행복해요."

인느 목사는 인자하게 웃었다.

"허허, 이렇게 착하고 아름다운 아가씨께서 교회에 오신 것만 해도 정말 감사한 일이죠."

둘은 솔의 앞에서 오랫동안 성경에 대해 이야기했다. 솔은 저렇게 말주변 좋은 사람은 처음 보았다고 자부할 수 있었다. 릴리는 말솜씨가 뛰어났고, 경청하는 자세 또한 뛰어났다. 솔이라면 절대 가질 수 없는 능력이었다. 지금의 릴리는 성경을 좋아하고 하느님을 따르는 작은 양이었다. 그러나 아까는 대체 무엇인가. 릴리가 솔에게 했던 말은 무엇이란 말인가. 무엇이 진짜인가. 어느 쪽이든 일단 릴리는 거짓말에 능숙한 사람이었다.

"어머, 목사님 시간이 벌써 이렇게 되었네요. 즐거운 대화였습니다. 좋은 말씀 감사해요. 다음 주에 다시 오겠습니다. 솔도 반가웠어요."

릴리는 살짝 치마를 들고 고개를 숙이며 말했다. 솔에게 갑자기 존대를 썼다. 솔은 따라서 고개를 숙였다. 인느 목사는 릴리를 마차까지 데려다주었다. 솔은 더 많아진 궁금증에 결국 다음 주를 고대하기로 했다.

오후쯤에는 릴리 말대로 누군가 교회를 두드렸다. 애벗 부인은 며칠 전 새로운 손님 이야기를 듣고 교회의 빈방들 중 그나마 가장 넓은 방을 청소하기 시작했다. 라일락은 환영 선물로 작은 꽃다발을 만들었다. 잭과 질렛은 짐을 받기 위해 이미 밖인 상태였다. 솔은 인느 목사 옆에 가만히 서 있었다.

지팡이 소리가 들렸다. 솔은 고개를 들었다.

깨끗한 검은 구두, 손잡이가 화려한 지팡이. 긴 검은 정장, 먼지 묻은 곳 없는 탑햇. 검붉은 넥타이에 살짝 빠져나온 실크 손수건. 돈 많은 부유한 사내 같았다. 얼굴은 탑햇에 가려 보이지 않았다. 키는 솔보다 두 뼘 약간 안 되게 무척 컸다. 갈색 머리는 왁스 칠로 멋지게 다듬어져 있었고, 뚜렷한 이목구비가 인상적이었다.

새로운 아이인가? 아이의 모습은 전혀 아니었다. 솔은 버릇없는 작은 여자아이를 예상했었기에 살짝 당황했다. 생각해 보니 릴리 에플로레스는 그 사람이 어리고, 여자란 말을 한 적이 없다.

"인느 목사님. 말씀 많이 들었습니다."

사내는 성큼성큼 다가가서 손을 내밀었다. 예법을 모르는 솔이 봐도 신사다웠다.

"네, 정말 반갑습니다. 런던에서 오시느라 고생 많으셨습니다. 혹시 성함을 여쭈어보아도 될까요?"

탑햇 아래에서 은은한 미소가 보였다.

"아, 죄송합니다. 제 소개를 잊었군요."

사내는 천천히 탑햇을 벗으며 고개를 숙였다.

"리더스 이오니안입니다. 반갑습니다."

리더스는 천천히 느리게, 솔이 한 번도 들어본 적 없는 신사들이 쓸 것만 같은 억양을 썼다. 그리고 솔에게 고개를 돌려 그녀를 보았다.

"잘 살고 있었구나. 이텔, 오랜만이야."

05.

닫히는 과거와 열리는 미래

솔은 충격에 말을 잇지 못했다. 리더스를 보았다. 꿈에서 계속해서 그리며 잊지 않으려 애쓰던 그의 얼굴을 보았다. 외롭게 힘들 때마다 떠올렸던 얼굴을 보았다. 에피와 늘 함께하던 그 얼굴을 보았다. 보았다. 분명히 보았다. 그런데 그는 '그'가 아니었다. 솔이 기억하던 그의 모습은 단 하나도 남지 않았다. 리더스는 신사가 되어 있었다. 키는 왜 이렇게 큰 것인가. 젖살이 빠진 그의 얼굴은 여자들이 좋아할 외모로 바뀌어 있었다. 그는 누구인가. 누가 그를 저런 모습으로 바꾸어 놓은 것인가.

솔은 기뻐해야 할지, 슬퍼해야 할지, 당황스러워해야 할지 감도 잡지 못하고 있었다. 리더스는 신사였다. 더 이상 작고 마르고 글을 좋아하던 소년이 아니었다.

솔의 기억은 그저 과거에 머무르고 있었다. 솔은 이질감을 느끼다가도 그의 장난스러운 미소를 보았다. 장난스러운 미소는 과거의 것이었다. 무언가 바뀌어서는 안 될 것이 바뀐 기분이었다. 불가침의 영역, 바뀌면 안 되는 영원불멸의 공간이 침해당했다.

솔은 그를 보지 못하고 푹 고개를 숙였다. 눈물이 차올랐다. 교회의 첫날 이후로 한 번도 운 적이 없었다. 눈물이 뺨을 타고 내려갔다. 그리고 그녀의 발밑으로 뚝뚝 떨어졌다. 그가 반가웠다. 그를 만나서 진심으로 기뻤다. 어느 모습이든 상관없었다. 자신의 진정한 집, 가족이었다.

리더스는 조용히 모든 이들의 시선을 받으며 솔을 안아주었다. 달라진 몸, 달라진 얼굴, 달라진 분위기. 하지만 따뜻했다. 그를 옛날처럼 안았다. 고급스러운 가죽 코트는 부드러웠다. 솔의 머리칼이 에메랄드빛 넥타이에 닿으려 하자 솔은 살짝 머리를 돌려야 했다. 그를 안는 것은 불편했다. 그의 깨끗하고 정돈된 모습이 자신의 오물과 잘못으로 더럽혀질까 무서웠다.

리더스는 떨고 있는 솔에게 잠깐 밖으로 나가 있으라는 신호를 보냈고, 솔은 고개를 끄덕이고 밖으로 나갔다.

"어머, 우리 솔과 아는 사이신가요?"

애벗 부인의 목소리와 함께 예배당의 문이 닫혔다.

대략 1시간 뒤, 리더스는 간단한 조끼와 셔츠 차림으로 솔의 앞에 나타났다. 솔은 뒷마당에 있는 작은 벤치에 앉아 있었다. 오늘따라 선선한 바람이 불었다. 여름 냄새가 이곳을 감싸고 있었고 솔은 작은 고양이처럼 눈을 감고 입을 다문 채 앉아 있었다. 솔은 최대한 아무렇지 않은 척했지만, 손등이 미세하게 떨리고 있었다.

리더스는 솔의 옆에 앉았다.

"이텔, 그새 이름도 바꿨어? 나도 따라 솔이라 불러야 하나?"

리더스의 목소리는 전에 비해 무척 굵어졌다. 옛 이름이 어색하고 기분이 나빴다. 솔은 리더스가 술집에 오는 사내들과 같은 부류가 아니라는 것을 알고 있다. 그럼에도 불구하고 옛 이름이 불리자, 온몸의 피가 역류하는 기분이었다. 그리고 모든 음식물을 토해내서 몸을 비우고 싶었다. 하지만 우선 저 달라진 가족 앞에서는 평정심을 유지하기 위해 노력했다. 그가 부르는 이름은 다르다. 다른 것이다. 다른 것이어야 한다.

"우리 거의 2년만 아니야?"

솔은 미소를 머금고 말했다. 최대한 천천히 또렷하게.

"리더스, 나 정말, 정말 많이 보고 싶었어."

"나 어때? 많이 변했지?"

"빈민촌의 리더스는 상상도 못 하겠어. 정말 많이 변했구나. 키도 더 커지고, 몸도 더 다부져지고. 특히 옷과 행동거지, 어투 모두 달라졌어."

"그저 런던의 신사들을 따라 하는 거야. 그 억양은 나도 쓰기 어려워. 너랑 대화할 때는 안 지켜도 되어서 다행이야. 내가 처음에 갔을 때 얼마나 힘들었는지. 그나저나 이텔, 너도 정말 많이 컸는데? 거의 아가씨가 다 되었어."

"다 교회 사람들 덕분이야. 정말."

"그래, 많이 예뻐졌구나."

잠시 대화가 끊겼다. 리더스는 솔의 손을 간지럽히는 것을 반복했다. 솔은 이런 시답잖은 대화를 하고 싶지 않았다. 질문과 대답이 많았다. 그러나 뜻밖에도 입에서 잘 나오지 않았다. 매일 밤 상상해 오던 것이 현실이 되었는데, 왜 이렇게 마음대로 안 되는 것일까.

"런던에 갔었어."

리더스가 먼저 먼 곳을 보다가 말했다.

"너무 급하게 이루어진 거라 제대로 말해주지 못해서 미안해. 너를 계속 찾았는데, 경찰들은 네가 죽었다고 판단 내려버렸거든. 하지만 나는 믿지 않았고, 이렇게 다시 만나게 된 거야. 네가 살아 있다는 말을 들을 때 얼마나 안도가 되었는지, 정말 다행이야. 정말 포츠머스 모든 곳을 구석구석 뒤진 것 같아. 소매치기 아이들을 풀어서도 찾아보았는데 아무도 못 봤다고 하더라. 도대체 어디에 가 있었던 거니."

장난스러운 어투 사이에 떨리는 소년의 눈에서 읽어야 할 감정은 무엇이었을까. 솔은 무심코 그의 손을 놓아내렸다. 그리고 그의 눈동자에서 시선도 거두었다. 가장 행복해야 할 시간, 기뻐해야 할 시간, 왜 이렇게 주눅 들고 허무해지는가.

리더스는 유난히 걱정스러운 표정이었다. 솔을 꼭 잠시 건드려도 부서질 유리잔같이 대했다. 그러나 솔은 리더스의 행동을 받아들이지 못했다. 투박하고 거칠었던 가족 같은 사이였다.

"아니야. 네가 여기 있다는 게 실감이 안 나서 그래."

"너 이야기부터 먼저 듣자. 잘 지냈어?"

잘 지냈냐는 물음 한마디에 수많은 질문이 들어가 있었다. 리더스가 생각하고 있는 최악의 경우를 읽어버렸다. 하지만 솔은 차마 그 말에 긍정을 해줄 수는 없었다. 그가 원하는 답을 줄 수가 없었다. 자신은 더 이상 작은 이텔이 아니었다.

"나는… 글쎄 나는."

"나는…."

말이 생각보다 잘 떨어지지 않았다. 가족한테까지 거짓을 고할 수는 없었다. 처음이자 마지막으로 솔직해지기로 결심했다. 거짓들은 한없이 가볍고 쉬웠지만 진실은 무겁고 어려웠다.

"납치를… 당했었어. 술집에서 지내다가 교회로 왔어."

더는 꺼내기가 힘들었다. 리더스도 그것을 직감한 듯 고개를 끄덕였다. 리더스는 이미 현실을 어느 정도 직감하고 있었다. 빈민가에서 여자아이가 흔적도 없이 사라지려면 그런 경우밖에 없었으니. 현실을 부정하려고 애썼다. 아니겠지란 생각을 머릿속에 가득 채워서 이기적인 안심을 해왔다. 오히려 거짓에 현실을 마주하기가 어려웠다. 어떤 말을 해도 위로나 안도를 줄 수 없다는 것을 알았다. 수많은 부질없는 단어를 나열한 것보다, 한마디가 나을 때가 있다면 지금이었다.

"고생 많았어."

솔이 애써 미소를 유지했다. 그의 갈색 눈을 쫓다가 머리를 쓸면서 바닥을 내려보았다.

"지금은 잘 지내. 넌 정말 멋진 사람이 된 것 같은데."

"그렇게까지 말하면 부담스러운데."

리더스의 가벼운 웃음 위로 하늘빛이 비추어졌다. 솔은 허공을 보았다. 손등이 무심코 떨린 걸까, 리더스는 한 손으로 턱을 괴고 손가락으로 솔의 손등을 톡톡 가볍게 두드렸다. 솔은 손등을 가리기 위해 치마 주머니에 손을 넣었다.

"후워자는 누구야? 에플로레스 경인가?"

"아니, 릴리 에플로레스 아가씨. 나보다 조금 어리시지만 정말 대단한 분이셔."

솔은 순간 머리를 한 대 맞은 것 같았다.

"아…. 그래?"

"만나본 적이 있니? 이 교회에 계속 오고 계신다는데."

"그냥 잠깐잠깐 멀리서 보기만 했어. 내 성격 알잖아."

"하하, 네가 항상 그랬긴 하지."

"아참, 에피는 어디 있어?"

리더스는 살짝 난처한 모습이었다.

"에피…. 나도 에피를 못 본 지 반년이나 되었어. 그…. 에피는 아직 포츠머스 빈민촌에 남아 있어."

"아, 그래? 공장에 취직을 성공한 거야?"

"그건… 아닌데. 그… 에피 소식을 따로 들은 거는 없지?"

"없어. 그 애가 많이 그리워."

"그 애는 포츠머스에 그대로 남아 있어. 아마 내가 연락을 보내면, 곧 답장을 보낼 거야. 나중에 날 좋을 때 만나보자."

리더스는 무언가 에피를 숨기려는 것 같았다. 무언가 이상했다.

"에피는 잘 지내?"

"잘 지내지! 너 개 성격 알잖아. 행복해하고 있어. 직접 만나보면 알 거야."

리더스는 잠시 교회를 쳐다보았다.

"여기 교회가 정말 이쁜 것 같아. 아까 나 마차를 타고 올 때도 계속 그 생각만 하고 있었어. 조금 춥지 않아? 교회 좀 소개해 줘요, 이텔 솔. 너 이야기도 좀 해 주고."

리더스는 갑작스럽게 솔의 손을 잡고 일어났다. 솔도 살며시 일어나는 수밖에 없었다. 조약돌로 만들어진 작은 오솔길을 따라 두 사람은 교회로 돌아갔다. 리더스는 계속해서 솔에게 질문을 던졌고, 솔은 웃으면서 거짓말과 섞인 대답을 뱉어냈다. 이게 대체 무슨 의미가 있는지 솔은 의구심을 지녔다.

"이게 네가 지내는 방이야? 내 방이랑 옆방이네."

리더스는 솔이 말리기도 전에 그녀의 방으로 들어갔다. 솔은 청소한 지가 오래된 자신의 방을 부끄러워하며 그를 몰아내려고 애썼다. 리더스는 마다하지 않고 작은 방을 둘러보았다.

"너 물건이 되게 많아졌다. 바도 돼?"

그가 가리킨 것은 다름 아닌 인느 목사가 준 성경이었다. 솔은 까닥 고개를 끄덕였다. 교회에 온 후 솔은 처음으로 자신의 물건을 많이 가지게 되었다. 인느 목사의 성경, 긴 연분홍빛 드레스, 파란색 머리띠 등 모두 솔이 정말 소중히 여기는 물건들이었다. 교회에 오지 않았다면 가지지도 못했을 것들이다.

"이건 뭐야?"

리더스가 시선을 돌린 곳은 솔의 책상 위였다. 솔은 얼굴이 붉어지며 빠르게 치우려 했다. 그러나 리더스가 먼저 낚아채 버렸다.

"이텔, 너 글 쓸 줄도 알아?"

"아니야, 아무것도 아니야! 리더스 당장 줘!"

하지만 리더스는 2년 동안 거의 두 뼘은 자란 청년이었다. 그는 힐끗 웃으며 종이를 높게 들어 올렸다. 종이에는 정말 별 내용이 없었다. 심지어 아직 글을 제대로 읽거나 쓰기가 어려워서 그림으로 표현한 것이 대부분이었다. 삐뚤빼뚤한 글씨에 엉성한 그림이 부끄러웠다. 그가 보기엔 얼마나 한심해 보일까.

솔은 최대한 높게 뛰다가 리더스의 발을 밟고 넘어지고 말았다. 리더스는 웃으며 무릎을 꿇었다.

"놀려서 미안해, 신사답지 못했네. 죄송합니다."

"장난이 짓궂어, 런던 가서 이런 거만 배워온 거야?"

"아니, 내가 뭘 배웠는지 알면 네가 엄청나게 놀랄걸? 숙녀들한테는 알려줄 수 없는 거야."

리더스는 그답지 않게 솔 바로 앞에서 킬킬거리며 웃었다. 솔도 결국 삐진 채 있다가 '풋'하고 웃음을 터트렸다. 달라졌지만 자신의 가족이었다. 그것만으로도 마음에 안정을 주었다.

"교회 사람들 모두 정말 친절한 것 같아."

"맞아. 다들 정말 좋아."

"그래? 그럼 나도 잘 적응할 수 있겠네."

리더스는 따스한 햇볕을 받으며 얕은 웃음을 지었다.

묘한 공장 냄새와 고급 가죽 냄새가 버무린 것을 지닌 저 자는 내 가족이었다. 어색한 냄새와 모습을 하고 있었지만 내 가족이었다. 가족이란 단어가 질량도, 무게도 없어져 가벼워지는 순간이었다. 하지만 다들 웃으면서 무시하고 지내지 않는가, 그저 자신도 그래야 하는 상황이었을 뿐이다.

리더스는 잘 적응해낼 것이다. 리더스는 원래 그런 사람이니까.

솔은 리더스를 방안에서 밀어내었다. 리더스는 결국 두 손을 다 들며 교회 서기, 질렛과 산책을 나갔다.

교회는 리더스가 온 이후로 약 두 달 동안 꽤 많은 변화를 맞이하게 되었다. 애초에 인원도 적어서 한 사람의 영향력이 무수히 커지는 곳이었다. 리더스는 그저 교회에서 한가롭게 지내는 사람이었지만, 교회의 중심에 있다고 해도 과언이 아니었다. 인느 목사는 틈만 나면 리더스를 불러서 조언을 구했다. 리더스는 그만큼 아는 것이 많고 똑똑한 사람으로 변했었다. 애벗 부인과 질렛은 리더스를 든든한 말동무로 생각했다. 어느 순간부터 그들이 일을 하면 그 옆에는 리더스가 일을 거들고 있었다. 라일락이 제일 이상했다. 라일락 인느는 리더스를 피해 다녔으며, 그 이야기만 나오면 실수를 하거나 자리를 피했다. 잭은 본래 무뚝뚝한 사람이므로 큰 변화는 보지 못했다.

리더스는 바쁜 하루를 보냈으므로 솔은 리더스를 첫날 이후 제대로 마주하지 못했다. 그러나 가끔 티 타임이 오면 리더스는 기꺼이 차를 솔의 방까지 가져와 주곤 했다. 솔은 차라리 이편이 낫다고 생각했다. 수많은 거짓말을 지어내는 것보다 편한 침묵이 나았다.

평화로운 교회에 접시가 깨지는 소리가 울려 퍼졌다.

"네?"

애벗 부인이었다. 그러나 그런 어리숙한 행동을 한 것은 애벗 부인뿐만이 아니었다. 라일락 인느는 예의도 잊고 그대로 벌떡 일어서서 말했다.

"잭, 그게 무슨 말이에요?"

잭은 떨떠름한 표정으로 손에 있던 편지를 내밀었다. 솔은 그쪽으로 고개를 돌렸다. 고급스러운 인장에 두툼한 편지지. 런던에 사는 귀족들이나 쓸 것 같은 편지지를 왜 잭이 지닌 것인가. 안에 들어 있는 것이 더 가관이었다. 화려한 필체에 끝도 없이 글자들이 모이고, 떨어져 있었다. 솔은 그게 그저 아름다운 그림 같다고 생각했다. 애벗 부인은 긴 글을 정확하게 읽을 수 있는 유일한 사람인 인느 목사에게 편지를 넘겼다. 인느 목사는 심각한 표정으로 편지지를 천천히 읽어 나갔다.

"잭을 시종으로 삼고 싶다고 하네. 요번 주 안에 회답을 부탁하고 있군."

"시종이요? 어디예요?"

잭이 말하기 앞서 라일락이 눈을 동그랗게 뜨고 말했다.

"포츠머스 성, 에플로레스 가문이네. 우리의 후원자들 아닌가."

"리더스, 이런 거 들은 적 있어요?"

"글쎄요. 저도 잘…."

"그것보다 왜 시종을 여기서 데려가요? 거기 사람들 저번 것도 그렇고 좀 이상해요."

"의심해 볼 만하랑께."

"우선, 잭의 의견이 중요하죠."

잭은 아직도 넋이 나가 있는 표정이었다. 질렛이 어깨를 살짝 쳐주자, 잭은 정신을 차리고 편지를 다시 보았다. 리더스는 의미심장한 표정을 지으며 잭을 보았다.

"저는…."

잭이 편지를 구길 듯 세게 잡았다.

"저는 잘 모르겠어요."

오후가 되자 편지 사태도 잠잠해졌다. 리더스는 항상 그래왔듯 깊게 우려진 차를 양손에 쥐고 교회 뒷마당에 앉아 있었다. 솔은 홉스의 목도리를 걸친 채 돌길을 걸어갔다. 솔이 리더스의 옆자리에 앉자, 리더스는 찻잔을 건네주었다.

"넌 왜 항상 내 것까지 들고 와서 불편하게 밖에서 먹니."

"내 맘이지."

솔은 장난스러운 리더스의 말투에 살며시 미소를 지

었다.

"잭이 갈 것 같아?"

리더스가 코트를 벗어주며 먼저 물었다.

"글쎄…. 안 가지 않을까. 그는 목사를 꿈꾸고 있어. 그런 사람이 귀족들의 시종이라니. 얼마 못 버티고 뛰쳐나올걸."

솔은 잭에 대한 칭찬도, 비판도 하기 싫었다. 자신을 싫어하는 사람은 그저 범위 밖으로 생각했다. 그들을 신경 쓸 필요도, 옳고 그름을 따질 필요도 없었다. 그들은 그저 밖에 존재하는 사람들이었다.

"그가 간다면 넌 좋지 않아?"

"글쎄, 좋을 줄 알았는데 딱히 아무 생각 안 드네."

"난 그가 무조건 갈 거라 생각하는데."

리더스가 차를 한 모금 마시더니 말했다.

"왜?"

솔은 무심코 궁금증이 생겨 물었다.

"뭐…. 난 딱히 잭이 신념이 세며 똑똑한 사람이라 생각하지 않거든. 아, 이건 네가 잭이랑 친하지 않아서 하는 말이야. 물론 내가 알지 못하는 부분도 있겠지만."

리더스의 말에서 솔은 릴리 에플로레스를 떠올렸다. 만약 릴리의 추정이 사실이라면-잭이 정말 큰 에플로래스 아가씨의 연인이라면-잭은 그저 인느 목사 앞에서 일종의 연기를 하는 것이다.

솔은 리더스가 사람을 읽어내는 능력이 무척 탁월하다는 것을 알아냈다. 원래도 계산적이고 치밀한 사람이 더욱 심하게 변한 것 같았다.

"그래? 하지만 과연 사람들의 시선을 견뎌내면서까지 그런 짓을 할까. 갑자기 그런 세속적인 곳으로 가면…."

"이텔, 넌 말이지 너무 순수해."

리더스는 가벼운 웃음을 지었다. "어떤 사람들은, 아니 대부분의 사람은 돈만 준다면 자신의 전부를 받칠 준비가 되어 있는 자들이야."

솔은 꼭 리더스가 자신은 그러한 사람이 아니라 말해주는 것 같아서 마음이 이상했다. 하지만 자신도 그러한 기회주의자였다. 순수하지 않다. 흰 눈이 아니라 이미 밟혀서 공장의 폐수와 섞여서 그저 도시를 더럽히는 오물이었다.

"아니야…. 넌 무슨 말을 그렇게 하니. 그나저나 오

늘 날씨 좋다."

"그래? 나 좀 있다가 라일락 인느랑 산책 나갈 건데, 같이 갈래?"

"아니야. 괜찮아."

솔은 별로 라일락을 마주치고 싶지 않았다. 특히 가까운 리더스 앞이라면 더더욱.

"그래, 편히 쉬어."

라일락 인느는 리더스에게 잭이 인느 목사의 서재에 들어간 후 두 시간가량 나오지 않았다고 전했다. 솔은 목이 마른 나머지, 물통을 찾다가 섭섭한 표정으로 나오는 인느 목사와 잭을 발견했다. 잭은 묘하게 이상해 보였다. 아쉬운 것도, 속상한 것도, 슬퍼하는 것도 아닌 오히려 들뜬 표정이었다.

다음 날, 솔은 에플로레스 아가씨들이 오는 날이라는 것을 기억하고 예배당에 내려갔다. 예상대로 큰 에플로래스 아가씨는 바로 교회 뒤뜰로 나갔고 릴리 혼자서만 천천히 예배당으로 들어왔다.

"리더스는 잘 만났어?"

릴리가 먼저 말을 걸었다.

"네, 릴리가 도와준 거죠? 감사해요. 몇 년 만에 만난 사람이라."

"나는 네가 있을 만한 마을 몇 개를 추려서 알려준 거야. 그 안에서 너를 찾은 거는 그 아이고."

솔은 살짝 미소를 지으며 말했다.

"릴리 아가씨… 아니 릴리, 잭이 성으로 간다는 소식 들었어요?"

"그거? 내가 제안한 거야."

릴리는 자랑스럽다는 웃음을 지었다.

"릴리가요?"

"그래, 내가 원해서는 아니었지만, 나에게 그럴 힘은 있거든."

"원하지 않는데 왜 그런 행동을 하셨죠?"

릴리는 드레스에 있는 꽃 모양 자수를 매만졌다.

"재미있잖아. 런던처럼 자극적인 것들도 없는데, 이런 재미를 놓치면 안 되지."

"자극적이라뇨?"

"목사가 되고 싶던 청년이, 나이 든 약혼남도 있는 귀족과 사랑에 빠져서 꿈을 버린 거잖아. 세상에, 이보다 더 재미있는 게 어디 있어?"

이 말을 하는 릴리의 금발은 교회 창문으로 들어온

빛과 반짝였다. 릴리의 파란 눈은 그와 대비되어 일렁였다. 처음에는 그저 맑고 깨끗하다고 생각했던 저 파란 눈이, 저 순수하다고 생각했던 저 눈이, 대체 무엇을 담고 있는 것인가. 화창한 해변 뒤에 깊고 고요한 심해가 있듯, 그 바닥이 보이지 않는 검은 바다가 그녀의 눈 안에 있었다. 릴리는 오히려 솔이 자신의 눈을 쳐다보자, 그 깊은 것을 가리려는 듯 눈웃음을 싱긋 지었다.

"전 잭이 안 갈 거라 생각했어요."

"글쎄다…. 난 오히려 바로 올 거라고 말할 거라 생각했는데, 생각보다 늦네."

"잭은 왜 가겠다는 거예요? 전 이해할 수 없어요."

솔은 원래 이렇게 남에게 관심이 많은 사람이 아니었다. 하지만 릴리가 이 일을 추진했다는 것조차 이해가 가지 않았고, 리더스와 그녀 모두 잭이 무조건 갈거라 확신한다는 게 이상했다. 대체 그들이 말하는 이유라는 걸 이해할 수도 없었다.

"글쎄…. 셰익스피어의 표현을 빌린다면 눈을 멀게 하는 것. 자신들이 범하는 기이한 잘못을 볼 수 없게 하는 힘 때문 아닐까."

솔은 아리송한 말을 하는 릴리를 보았다.

"그럼, 릴리의 역할은 뭐예요?"

"그냥 구경꾼이지. 돈을 냈으니 이제 그에 걸맞은 쇼를 기대하는."

오후가 되어서야 솔은 릴리의 말을 직접 이해할 수 있었다. 해는 어느새 천천히 지고 있었다. 교회의 흰색 지붕과 십자가도 빨갛고 노란빛을 뿜어내기 시작했다. 교회는 참으로 특이한 공간이었다. 지나치게 하얗고 순수하기에 모든 빛깔을 흡수했다. 그러나 어둑어둑 검은 것들이 교회 밖을 먹어가고 있었다.

솔은 잭을 문 앞에서 마주쳤다. 청년은 그와 어울리지 않는 값비싼 편지를 가방에 넣고 누런 편지지를 한 손에 꽉 쥐고 있었다. 갈색 머리칼 아래에는 빛나는 눈이 있었다. 이상하게, 지나치게 반짝이는 눈이었다.

솔은 그와 눈이 마주쳤다. 잭은 바로 피했지만, 솔은 그의 눈을 한참 쳐다보았다. 반짝이는 눈, 누군가의 온전한 사랑을 받는 눈이었다. 무언가 뿌연 연기가 그를 감싸고 있는 듯했다. 솔은 한 번도 사랑을 온전히 받거나 이해해 본 적이 없었다. 리더스와 에피와의 관계는 그저 전우애, 빈민촌의 가족 그 이상 이하도 아니었다. 어릴 적에 부모가 주어야 했을 사랑이 있을 자리에는 고독함이 가득 채우고 있었다. 그 자리를 사랑이 채우려고 하면 거부감이 올라왔다.

잭의 손에는 그와 어울리지 않는 멋스러운 금빛 회중시계가 있었다. 촌티 나고 여러 번 꿰맨 셔츠 아래, 투박한 손 위에 다른 색의 세상이 피어나고 있었다.

정확히 이주 뒤, 잭은 교회를 떠났다.

인느 목사는 그가 입던 옷을 손수 다려주었으며, 마지막 기도를 해주었다. 인느 목사의 눈에는 슬픔이 새겨져 있었다. 라일락 인느는 질렛과 함께 커다란 꽃다발을 만들어서 가져왔으며 애벗 부인은 그에게 고급스러운 손수건을 주었다.

"잭, 교회를 항상 집으로 생각하고, 언제든지 오렴."

"네가 가는 길에 평온만이 있기를."

잭의 짐은 작은 짐가방 하나밖에 없었다. 색은 수줍게 웃었다. 솔과 잠깐 눈이 마주쳤다. 솔은 그때 보고 말았다. 그의 눈동자가 빠르게 흔들리는 것을. 이상했다. 표정이 일그러졌다. 얼굴에 혼란이 나타났다. 잭이 이렇게까지 오래 시선을 피하지 않은 것은 처음이었다. 솔은 천천히 고개를 숙였다. 치마의 끄트머리를 잡고 인사를 했다. 그리고 그의 표정을 보았다. 이상하다. 무언가 잘못된 건가.

잭은 솔의 인사를 무시하고 뒤로 돌아 하얀 마차를 탔다. 솔은 잭을 보았지만, 그는 눈을 마주치지 않았다. 솔은 그가 자신을 피했던 이유를 평생 알지 못할 것이다. 적어도 솔은 그렇게 확신했다.

06.

안녕

"학생, 잘 지냈어?"

금빛 머리가 햇빛에 일렁였다. 식당에는 빨간 사과를 한입 베어먹으며 상큼한 미소를 짓고 있는 릴리 에플로레스가 있었다. 리더스 이오니안은 새벽에 갑작스럽게 깬 나머지 아직 세수도 안 한 상태였기에 깜짝 놀랐다. 릴리는 그의 모습을 보며 조금 웃다가 사과를 돌리며 장난스레 말했다.

"고향에 오니까 좀 얼굴도 나아진 것 같고."

리더스는 릴리를 힐끗 바라보았다. 한때 리더스도 저 미소에 속았던 적이 있었다. 저 소녀는 영국 전역에서 제일가는 미모를 지니고 있었다. 이성에 관심이 없는 리더스도 인정할 정도였다. 저 미소는 위험했다. 그만큼 사람을 속이기도 쉬운 미소였기 때문이다. 모든 사람이 저 미소에 속아 넘어갔다.

"덕분에 이텔도 다시 만났습니다. 감사해요."

"슬슬 돌아가야지."

"알고 있습니다. 아가씨의 연락을 기다리고 있었습니다."

"흐음 그래?"

릴리 에플로레스는 노래를 흥얼거리며 발을 동동 굴렀다. 리더스는 물 한 잔을 마시면서 그 모습을 조용히 지켜보았다.

"아가씨께서 고작 그 일로 이 새벽부터 오신 일은 아닐 거 아닙니까."

젊은 귀족은 대신 손가락을 입에 가져다 대며 쉿 소리를 내었다. 예배당에서 발소리가 들렸던 것이다. 리더스는 저렇게 소리에 민감한 사람이 파티나 무도회를 좋아하는지 이해할 수 없었다.

"리더스 이오니안, 첫날에 말했던 그 목표 기억하지?"

"기억합니다."

어떻게 잊을 수 있겠는가. 리더스의 인생을 송두리째 바꿔놓은 날이었다. 18살 여름, 우드랜즈 거리 앞

공원에서 셰익스피어의 '리처드 3세'를 외워서 낭독하던 작은 소년에게 젊은 귀족이 말을 걸었다. 두 사람 모두 어쩌면 변화를 직감하고 있었을 수도 있었다. 젊은 남자 귀족은 약간 작은 키에 호리호리했고, 큰 탑햇으로 얼굴을 가리고 있었다. 독일식으로 기른 콧수염 모양이 인상적이었다. 사람들이 거지에 관심을 보이는 귀족에 웅성거렸다. 리더스의 낭독이 끝나자 그는 유쾌한 웃음을 터트리며 손뼉을 쳤다. 그리고 손짓 하나로 사람들을 몰아냈다. 리더스는 경계하며 그 남자를 쳐다보았다.

"아까, 그 악인 나오는 구절. 한 번만 다시 읊어봐."

남자의 손에는 금화 하나가 있었다. 리더스는 몇 분간 고민하다가 내뱉었다.

"이 아름답고 평화로운 나날을 즐기는 사랑하는 자가 될 수 없기에 나는 악인이 되기로 굳게 마음먹는다."

"하하하, 넌 그게 무슨 뜻인지 아니?"

"누구나 리처드 3세 같은 악인이 될 수 있다는 거요. 저나 당신조차도."

귀족 앞에서 무례할 정도로 솔직했다. 리더스는 절대 자신의 신념을 꺾지 않았다. 그게 귀족이고 부자라면 더더욱. 눈을 치켜세워서 귀족을 바라보았다. 그리고 탑햇 아래에 빛나는 파란 눈을 보았다. 바다같이 모든 사람을 홀리는 그런 눈이었다. 귀족은 긴 속눈썹 사이로 리더스를 보았다가 눈을 감추려는 듯 고개를 숙였다.

"오호라, 넌 똑똑하구나."

금화가 튕겨서 바닥에 있는 모자로 들어갔다.

"리처드 3세를 내 앞에서 처음부터 끝까지, 토씨 하나 안 틀리고 낭독한다면 내가 선물 하나를 줄게. 내가 정말 좋아하는 이야기거든."

"정말요?"

"당연하지."

리더스는 목을 가다듬고 첫 장부터 읊어내기 시작했다. 귀족은 벤치에 얼굴을 숙이고 앉아 있었다. 이상한 사람이었다. 몇 시간쯤 지났을까, 리더스가 고개를 숙이고 귀족이 박수를 치며 이야기가 끝이 났어.

"정말, 하나도 안 틀렸구나. 넌 자격이 있는 것 같다. 나랑 이야기 좀 나누어 보지 않을래?"

남자 귀족은 리더스에게 다짜고짜 그를 후원하고 싶다고 말했다. 리더스는 당황했지만, 승낙했다. 그는 이 시골을 벗어나고 싶어 하던 차였다. 그가 누구든 상관없었다. 포츠머스 빈민가에서 그를 나가게 해줄 수만 있다면. 어제 솔에게 말했던 이야기는 자신의 이야기기도 했다. 어린 그는, 돈만 준다면 자신의 전부를 받칠 준비가 되어 있는 자였고 결국 귀족과 계약을 하게 되었다.

리더스는 쓴웃음을 지었다. 그 귀족이 자기보다 두 살이나 어린 소녀일 거라고는 상상도 못 했다. 처음 사실을 알았을 때는 배신감과 더불어 실망감, 불안감까지 들었었다. 그러나 릴리 에플로레스는 똑똑한 사람이었다. 리더스는 그 이후로 절대 릴리에게 반항하지 않았다.

"다음 학기부터는 정말 바쁠 거야. 공부뿐만 아니라 인맥을 본격적으로 쌓아야 하거든."

릴리는 싱긋 웃었다. 솔의 발소리를 들은 모양이었다. 나풀거리는 흰 드레스를 손으로 살짝 들고 예배당으로 걸어갔다. 그러다가 뒤를 돌아보며 말했다.

"정치인은 쉽게 되는 게 아니야. 네가 얼마나 극도로 자신을 밀어 넣을 수 있는지 보는 거야. 그게 정신이든, 신체든."

리더스는 사라진 릴리의 뒷모습만 바라보았다. 정치인이라. 저자가 원하던 게 정치인이었다. 첫날에 릴리는 세상을 바꾸자고 말했다. 리더스는 가난한 사람들을 위한 세상을 만들고 싶다고 말했고, 둘은 정식으로 계약을 맺었다.

리더스의 시야에서 활짝 웃는 검은 머리 솔이 들어왔다. 곧 저 아이를 떠나야 한다. 유일한 가족을 버리고 가라니 마음이 좋지 않았다. 그러나 자신이 성공하게 된다면, 솔에게 좋은 혼처를 구해줄 수 있을 것이다. 그럼 저 아이는 행복해질 것이다.

"행복, 행복이라."

리더스는 중얼거리다가 갈색 머리를 정돈하며 의자에서 일어났다.

행복, 행복할 것이다.

모든 이야기는 해피엔딩이니까.

저녁 식사 전, 솔은 책상에 앉아서 글을 쓰고 있었다. 그게 과연 글인지, 그림인지, 글씨 연습장인지 다른 사람은 구분할 수 없었다. 삐뚤빼뚤하고 불규칙한 단어

들의 틈 사이에 진심이 있었다. 그의 가족에게, 친구에게도 못할 마음을 거기에 쏟아내곤 했다. 솔은 자신의 '밖'에 존재하는 책이 사라지면, '안'에는 아무런 느낌이 안 들 줄 알았다. 그러나 이상하게도 그가 신경 쓰였다. 정확히는 그의 행동과 선택이 신경 쓰였다.

선택이란 단어의 철자가 생각나지 않아 깃펜으로 자꾸만 부스스한 머리를 긁적였다. 어깨에 닿는 풍성한 검은 머리를 인느 목사가 주었던 손수건으로 반묶음을 했다. 먼지가 조금 쌓인 책상을 딛고 삐걱대는 창문을 열었다.

솔은 다시 종이를 보았다. '선택'··· 철자가 안 떠오른다. 일부러 안 떠오르길 바라고 있는 걸 수도 있다. 책의 선택. 책의 선택을 자신은 영원히 이해 못 할 것이다. 주어진 필연을 거부하고 불안정한 길을 가는 그를.

저녁 식사 시간이었다. 인느 목사에게 무언가를 묻고 있던 리더스는 갑자기 목을 가다듬고 입을 열었다.

"여러분, 저 모레에 떠나게 될 것 같습니다."

이 소식에 놀라지 않은 사람은 인느 목사밖에 없었다. 솔은 딱딱한 빵이 목에 걸려서 캑캑거렸다. 애벗 부인은 물을 건네며 물었다.

"내일요? 갑자기요?"

"급한 일이 생겨서요. 예상보다 좀 당겨졌군요. 미리 말씀 못 드려서 죄송합니다."

"작별 파티라도 해야 하는 거 아니랑께."

"정말 슬프고 아쉽지만 거절해야 할 것 같습니다. 내일 예배도 있지 않습니까."

"리더스가 떠나면 어떡해요! 우리 교회는…."

라일락은 얼굴이 빨개져 당황스러운 표정이었다. 잠시 그를 쳐다보다가 수그리고 조금씩 훌쩍였다.

"라일락, 자주 연락할게."

리더스가 라일락의 등을 가볍게 토닥이며 말했다. 그리고 솔을 쳐다보았다. 제일 당황한 사람은 솔이었다. 솔은 그저 멍하니 리더스를 바라보았다. 언젠가 떠날 걸 알고 있었지만 그게 지금일 줄은 몰랐다. 아직 물어봐야 할 게 많다. 자신의 미래, 목표, 그 모든 것은 가족이었다. 그들과 다시 함께하는 것이 인생의 전부인 그녀를 두고 인생이 떠나가면 그녀는 무엇을 해야 할까.

식사가 끝난 후, 리더스와 그릇을 정리하던 중 솔은 입에 머금던 말을 내뱉었다.

"리더스, 나 에피 좀 만나고 싶어."

"에피?"

리더스는 여유를 담고 웃었다. "왜?"

"나 그 애를 못 본 지 3년은 되었어. 보고 싶어."

그는 잠시 아무 말도 하지 않고, 솔을 쳐다보지도 않았다. 시선은 그릇을 닦는 조각 수건에 집중한 채 떼지 않았다.

긴 침묵 끝에, 그가 입을 열었다.

"내일… 나랑 빈민가에 가보자."

빈민가란 말이 마음속에 굴러와 박혔다. 새삼 무척 위험한 동네에서 운 좋게 살아남았다는 생각이 번뜩 들었다. 이방인에게는 매섭지만, 비슷한 상황의 사람들에게는 동질감으로 살갑게 대하는 그런 곳이었다. 소매치기와 구걸이 끊이지 않고, 경찰조차 포기한 동네지만 악한 곳이라 부를 수 없는 그런 곳이다. 그저 벼랑 끝에 선 이들이 잡을 수 있는 건 잡아보려고 발버둥 치는 곳이다. 그러나 경찰이 그 지경을 두고 있는 이유가 있다. 모두가 잘못으로 하루를 살아가지만 가장 큰 선은 넘지 않는다. 아이러니하게도 그러한 곳에도 분명한 선이 존재했다. 그 선이 조금 높았기에 그들은 아무것도 가진 것 없이 살아남을 수 있었다.

그런 매섭고 이상한 곳에 처음 터를 잡은 것은 에피와 리더스였다. 그 과정이 얼마나 힘들고 어려웠을지 상상조차 되지 않았다. 집을 만드는 것은 쉽지 않다. 자리를 잡고, 가족을 만들고, 마지막으로 여기를 집이라 여기는 마음이 있어야 한다. 세 과정 모두 힘들지만, 마지막, 그 마음을 만드는 것이 가장 어렵다.

이 모든 걸 해내고 아무것도 가진 것 없는 6살의 솔을 받아준 것은 고작 12살의 에피였다. 솔이 그러한 그녀를 우러러보는 것은 이상하지 않았다.

솔은 문득, 자신이 이방인에 여성이 되었다는 사실 또한 생각해 냈다. 씁쓸하게 코르셋으로 조여져 있는 삐쩍 마른 허리를 보았다. 애벗 부인은 며칠 전 여성들이 장을 보거나 돌아다닐 때 쓰는 허리에 매는 빛바랜 분홍빛 주머니를 주었다. 허리 옆에 주머니가 자그마하게 달려 있었다.

탁자 아래에서 바라왔던 세계를 이제는 그 위에서 바라본다. 이게 솔이 정의한 어른이 되어가는 과정이었다.

리더스 이오니안은 두려웠다. 다시 만난 순간부터

이텔 솔에게 이걸 어떻게 전달해야 할지 고민했다. 말하려 했다. 하지만 나약한 솔의 미소를 보았다. 언제 찢어져도 이상하지 않을 만큼, 빈약한 웃음이었다. 그 다음부터는 솔과 대화할 때 이 소재를 피했다. 솔이 묻지 않았으면 했다. 떠나는 날까지 일부러 무시하고 있었다. 참으로 이기적인 마음이었다.

하지만 네가 고통스러워할 걸 볼 자신이 없었다.

고통스러워하는 널 보는 내가 더 고통스러웠으니.

솔은 가족이었다. 가족이라면, 행복하게 만들어 주어야 한다고 생각했다. 어릴 적에 그러지 못했으니, 지금이라도 그래야 한다는 책임감에 휩싸여 있었다.

"에피 결혼은 했어? 내가 17살이니까…. 에피는 25살이잖아. 맞니?"

리더스는 웃으면서 말했다.

"했어. 네가 사라지고 조금 있다가. 3년 전쯤이었을 거야."

"그 애는 잘 지내?"

"잘… 지내지."

거친 돌 위로 마차가 덜컹거렸다. 시내로 가는 길이었다. 솔은 교회로 온 이후로 시내로 가는 게 처음이었다. 솔은 괜한 두려움에 리더스를 잡고 에피에 관한 대화를 했다. 원래 그녀 이야기만 나오면 회피하던 그가 술술 답을 해주었다. 솔은 신나서 에피와 관련된 추억을 잔뜩 말했다.

"너희랑 처음 만난 날 생각난다. 6살이었나? 그럼 넌 10살이고 에피는 14살이었지."

솔은 간단한 산수를 할 수 있게 된 것을 자랑스럽게 여겼다. 리더스는 희미한 미소를 유지한 채 솔을 보았다.

"내가 역에서 혼자 다니고 있는데 너희를 만난 거잖아. 너희가 구해준 거였나?"

"아니, 네가 찾아왔어."

"아 맞다. 구걸하는 거 껴달라고 했다가, 거절당했었구나. 아, 지금 생각해 보니까 웃기다. 우리 다 어렸었는데."

"그러게."

"에피는 무슨 꽃 좋아했지? 우리 하나 사 가자."

리더스는 턱을 괴고 마차 밖을 보았다. 기쁨에 젖어 있는 아이를 보기가 힘들었다. 그리고 조용히 한마디를 내뱉었다.

"하얀 꽃 두 송이면 충분할 거야."

둘은 마차에서 내렸다. 리더스와 솔은 꽃 두 송이를 사고 걸어갔다. 두 갈림길이 나왔다. 하나는 주택가 쪽이었고, 하나는 공동묘지 쪽이었다. 솔은 별 고민 없이 주택가 쪽으로 발을 돌렸다. 리더스는 아무렇지 않게 공동묘지 쪽으로 걸어갔다. 솔은 발걸음을 빠르게 해서 리더스 뒤를 쫓았다.

"아, 에피도 나처럼 공동묘지 관리 일을 하나?"

리더스의 발걸음이 빨라졌다.

"이 일 생각보다 힘들잖아, 에피랑 공통점이 많네."

솔은 그를 쫓아가느라 숨이 가빠졌다.

"우리 이야기 많이 할 수 있겠다. 그렇지?"

묘지 안으로 들어갈 때도 리더스는 말이 없었다.

"와, 여기 관리 잘되어 있네. 에피 힘들었겠다."

직감했었다. 알아차린 지 한참은 되었다. 모른척하려고 애썼다. 이 사실을 누군가 말해주기를, 못 박아 기다려 주길 기다렸다. 아니면 받아들일 수가 없을 것 같아서. 끝까지 부정하고 싶어질 것 같아서. 자신의 입을 막을 수 없었다. 끊임없이 말이 나왔다.

"에피… 만나서 묘지 관리하는 법 배워야겠다. 그렇지, 리더스?"

리더스가 멈춰 선 곳은 손바닥만 한 십자가가 세워져 있는 곳이었다.

해는 어느새 어둑어둑해지고 있었다.

십자가의 그림자가 솔의 발끝에서 흔들렸다.

“리더스, 에피는?”

“인사해.”

리더스는 하얀 국화 두 송이를 무덤 앞에 내려놓았다.

갑자기 고막이 터져버린 듯 공허해졌다.

냄새조차 숨을 죽이듯 공기가 비어 있었다. 시끄러운 주택가의 소란, 마부가 채찍질하던 말발굽 소리, 골목의 함성까지 사라진 것만 같았다. 마치 세상 전체가 숨을 멈춘 듯했다.

솔은 포츠머스에서 꽤 잘 버텨내고 있었다. 그렇다고 믿고 있었다.

헛구역질했다.

울었다.

자신을 토해내도록 울었다. 감정을 토해내서 빈껍데기가 되고 싶었다.

리더스는 묵묵하게 국화를 두고 묘지 반대쪽으로 걸어갔다. 그는 차마 솔의 모습을 볼 수 없었다. 멀리서 미친 듯이 소리를 지르고 우는 소리가 들려왔다. 짐승의 울음소리였다. 통곡하는 자의 울음보다 깊고 싸늘한 울음소리는 없었다.

"에피 거기에 있잖아."

그가 마지막으로 들은 솔의 목소리였다. 죽은 이는 그 무엇도 답하지 못한다. 그는 귀를 막고 나무에 앉았다. 그의 눈에서도 맑은 눈물이 하나 떨어지고 있었다.

세상이 고요한 새벽, 두 사람은 마차를 타고 사우스윅으로 돌아갔다. 리더스는 솔이 진정한 후, 지난날들을 이야기해 주었다. 비가 오는 날, 혼자서 밤에 삽으로 에피를 묻은 게 시작이었다. 그때 당시 리더스는 페스트로 갑작스럽게 죽은 에피 때문에 제정신이 아니었다. 밤낮을 울며 세상을 욕했다. 그때가 솔이 떠난 지 한 날도 안 된 시점이라 더더욱 그랬다. 에피의 남편이란 자는 에피가 죽자마자 그녀를 버렸다. 에피는 마지막까지 그녀의 남편을 찾았지만, 그는 오지 않았다. 리더스는 그 남편이란 자를 찾으려고 포츠머스를 뒤집었지만, 그는 사라져 있었다.

솔은 침착하게 리더스를 보았다. 그가 가지고 있던 마음의 짐이 상당히 무거웠을 거다.

"고생했어, 리더스. 그 애의 마지막을 봐줘서 고마워."

리더스는 주머니에서 펜던트 하나를 꺼내서 솔에게 건넸다.

"에피가 유일하게 남긴 물건이야. 네가 가지고 있어."

펜던트를 열었다. 누군가 값싼 종이에 에피를 그린 그림이었다. 엉성하게 들쑥날쑥한 머리칼. 길이도 제각각 다른 삐죽빼죽한 이것들은 솔의 가슴에 하나씩 날라와 꽂히는 듯했다. 굽어진 자세에, 한 번 부러진 코. 몇 개월 동안 무슨 일을 겪었는지 상상조차 못 하겠다. 솔은 술집에서 남매가 행복하게 살았을 거라 생각했다. 하지만 아니었다. 그들은 불행했다.

"그럼, 너는 그 집에서 혼자 살았던 거야?"

"집이… 집 같지 않았지. 한 몇 달 살다가 런던으로 떠났어."

"그 남편이란 자는 누구야?"

"모르겠어. 에피가 결혼한 이후로 집을 나가서…. 찾지도 못하겠어. 아예 잠적한 것 같아. 매주 수요일마다 그 집을 찾아갔었거든. 그래서 내가 발견했을 때는…

늦었던 거지.”

솔은 집을 잃었다. 마음의 안식처까지 사라지자 남은 것은 없었다. 새로운 집을 지어야 하는 시간이었다. 하지만 겁이 났다. 솔은 할 수가 없었다. 변화가 무서웠다.

“이텔, 교회에서 지내. 여기, 사람들도 괜찮고 인느 목사님은 정말 훌륭한 분이셔. 나 처음에는 좀 걱정했거든, 하지만 믿고 너를 맡겨도 될 것 같아.”

그러겠단 대답이 나오지 않았다. 솔은 묵묵히 밖을 바라보았다. 침묵 사이에 마차가 삐걱거리는 소리만 피어났다.

07.

겉만 번쩍이는 싸구려

늦은 새벽이었다. 아마 3시는 넘었을 것이다. 교회의 공동묘지 사이에서 솔은 눈을 감고 바람을 쐬고 있었다. 잠이 오지 않았다.

에피를 조용히 떠올렸다. 에피의 죽음….

왜 나는 몰랐을까.

심장이 잠잠히, 무겁게 내려앉았다.

솔은 불이 꺼진 차가운 교회를 보았다. 인드 목사의 웃음소리, 애벗 부인의 잔소리, 질렛의 서툰 농담…. 그 모든 게 고마웠다. 하지만 이곳은 끝내 집이 될 수 없었다. 집은 사람이다. 그 사람은 이제 없다. 그렇다면 나도 떠나야 한다.

에피와 라더스가 알려주었던 사랑과 분노, 전부 들고 가야 했다.

그리고 언젠가 자신만의 집을 찾아야 했다.

누구도 흔들 수 없는, 다시는 무너지지 않을 집을.

"무슨 생각 하니?"

인느 목사였다. 그의 목소리는 아이러니하게도 교회에 온 첫날을 떠올리게 했다.

모든 게 낯설었던, 모든 걸 처음 시작해야 했던 날.

무너질 용기를 내어야 했던 날.

다시 한번, 그 용기를 내야 할 날이었다.

"인 목사님… 감사했어요."

인느 목사는 새벽바람에 흔들리는 버드나무를 지켜보았다. 그리고 입을 열었다.

"떠날 거구나. 그 애는 내일 간다고 들었다."

"리더스요?"

"시골 여자애 혼자 런던으로 보낼 수는 없다. 부탁해 봐라."

솔은 인느 목사를 바라보았다. 첫날에 비해 높아진 눈높이. 모두 당신 덕분이었다.

"떠날 거라면, 런던이 좋지 않겠느냐. 애초에 네가 쭉 교회에 있을 거라고는 생각하지 않았다. 넌 1년 전과 달리 이제 답할 수 있지 않니. 무엇을 할 건지."

"답할 수 있어요. 저는 집을 찾을 거예요."

"그래, 그럼 되었다."

"화나는 사람들은 뺨을 때릴 거예요."

"그건 좀 조심하고."

인느 목사와 솔은 나란히 웃음을 터트렸다. 아버지는 아이에게 옳고 그름을 알려주는 사람이다. 솔에게는 아버지가 없었다. 인느 목사는 그 빈자리를 메꿔준 사람이었다.

"인 목사님 덕분에 에피한테 기도를 해줬어요. 감사해요."

"그거 아주 장하네. 매일 눈 뜨고 기도하는 애가."

"이제 왜 사람들이 기도하는지 알 것 같아요. 매일 당신을 위해 기도할게요."

"너한테 들은 말 중 제일 좋은 말이나. 마지막으로 나한테 할 말 있니?"

인느 목사는 솔을 바라보지 않았다. 솔은 당황한 표정이었다. 우물쭈물하다가 이내 작게 말했다.

"제 과거요…. 듣고 싶으신가요."

"마지막 말이라면, 기꺼이."

"저는… 술집에서 일했어요."

솔은 천천히 목을 가다듬고 말했다. 교회 사람들에게 이런 말을 하는 게 처음이었다.

“천한… 일을 했어요. 기독교인들이 돌을 던져도 할 말 없는 일이에요….”

인느 목사는 솔을 보고 인자한 웃음을 지었다.

“솔, 모두 다 알고 있었어. 하지만 누구도 돌을 던지지는 않았지. 그게 너의 진짜 모습이 아니란 걸 너도 알고 있잖니.”

“알아요…. 하지만 지울 수 없는 제 과거죠.”

“너의 작디작은 부분 중 하나야. 버드나무도 만들어질 때, 좋은 것만 먹지는 않아. 썩은 물도 여러 번 마시고, 해충들도 모두 흡수해 내야지 자랄 수가 있지. 넌 그저 남들보다 지독했던 물을 마신 거야. 오히려 더 잘 자라날 거란 말이다. 난 널 처음 본 순간부터 너의 미래가 궁금했어. 썩은 물이 아니라 옹달샘을 마신 너의 모습을.”

솔은 아무 말 하지 않았다. 인느 목사는 항상 솔의 침묵을 존중했다. 둘은 조용히 별이 박힌 하늘을 보았다.

"리더스, 나 같이 갈래."

"어디를?"

"런던을."

"…뭐?"

리더스는 믿기 힘들다는 듯 눈을 크게 떴다.

"솔 너… 지금 제정신 아니야."

"제정신 아니야. 그래서 가는 거야."

솔은 툭 던지듯 말했다. 리더스는 깊게 숨을 들이켰다.

"솔, 잠깐만. 너 감정에 휘둘리고 있어. 내가 그랬어서 알아, 런던은…."

"여긴 내 집 아니야."

리더스는 잠시 말을 잃었다. 솔의 얼굴엔 슬픔보다 더 깊은 절박함이 비치고 있었다.

"내 집은 에피였고 너였어. 그런데 에피는 없어졌고…, 너도 떠나잖아."

"그건…."

"나도 내 집 찾아야 해. 나한테 기회 줘. 나도…. 좀 살아보게 해줘."

리더스는 고개를 저었다.

"네가 뭘 겪었는지 알아. 근데 바꿀 수 없는 계획과

규칙이라는 게 있어. 그거는….”

“리더스.”

“지금 널 데려가면 위험해. 먹을 것도 집도 없어. 내가 널 보호할 수도 없어.”

“리더스.”

“아니, 널 위험에 넣을 순 없어….”

“리더스. 네가 날 두고 간 게 조금이라도 미안하다면, 날 데려가 줘.”

그 말에 리더스의 눈이 흔들렸다.

잠시 정적. 바람 소리만 들렸다.

솔은 한 걸음 다가서며 속삭였다.

“부탁이야. 나 이젠…, 나 혼자 못 있어.”

리더스는 잠시 눈을 감았다. 손가락이 주머니 속에서 단단히 말려들었다. 그 역시 에피의 무덤 앞에서 울던 남자였다. 이 순간, 죄책감이란 감정 아래에 그가 솔을 거부할 이유도, 붙잡을 힘도 사라졌다. 리더스는 고개를 숙이고, 아주 작게 중얼거렸다.

“곧 에플로레스 아가씨가 올 거야. 그분께 말해봐.”

화려한 마차를 끌고 등장한 릴리는 오히려 그 말을 듣자마자 키득거렸다. 잠시 생각하더니 흔쾌히 허락했다. 그녀의 눈빛은 마치 새 장난감을 본 아이 같았다.

"재밌겠다."

"네?"

"그럼 어디서 생활해요?"

"방을 지금 구하는 건 무리야. 런던 사교계가 곧 열려서 빈 건물이 없거든. 애석하게도, 둘이 조금만 같이 지내."

"예?"

"일단은 그 방법밖에 없어. 소문은…, 뭐 너희가 조심히 지내면 되지. 솔이 막 그렇게 소문내고 돌아다닐 사람은 아니던데? 그렇지, 솔?"

"네."

"난 이 애가 좋아. 체스판에 말 하나가 더 늘어난 거잖아. 난 복잡한 게 좋거든. 일자리는 천천히 찾아, 내가 돈은 다 대어줄게. 나도 곧 4월 초에 런던으로 갈 거니까."

릴리는 장갑을 낀 손으로 솔의 머리를 조금 쓰다듬었다. 그 눈빛은 애정이 아닌 호기심에 더 가까웠다. 리더스는 당황한 듯했지만 이내 고개를 저었다. 결국 릴리는 허락한 꼴이 되었고, 솔은 빠르게 짐가방을 가지고 나왔다.

"이텔… 나랑 대화를…."

리더스의 말소리를 거의 뛰어나오다시피 하는 교회 사람들의 발소리에 묻혔다. 리더스와의 이별은 예상했지만, 솔이 떠날 거라고는 아무도 예상 못 했기 때문이다. 어제 솔이 유일하게 말한 사람은 인느 목사였다. 그는 조용히 혼자 터벅터벅 뒤에서 걸어왔다.

"솔… 진짜 떠나랑께? 니 이렇게 금방 가뿌리면 나는 우짜노. 우리 가족 아닌가. 니 결혼할 때 꼭 연락하랑께…. 아니…."

"맙소사 솔, 진짜 떠나? 아니, 정말로? 진작 말해줬어야지…. 내가 시장에서 필요한 거 이것저것 더 사 왔을 텐데…. 아니 이 삐쩍 마른 아이가 런던을? 너 런던이 얼마나 위험한지는 알아? 솔…."

질렛과 애벗 부인은 솔 앞에서 거의 동시에 말을 쏟아냈기에 솔은 둘 다 이해할 수가 없었다. 솔은 그저 끄덕이며 두 사람을 꼭 안아주었다. 솔이 교회에 와서 애정 표현을 한 게 거의 처음이었기에 둘 다 놀란 눈치였다.

"잘 다녀올게요. 더 나은 사람이 되어서."

라일락 인느가 눈에 들어왔다. 그녀는 치맛자락을 쥐고 솔을 보고 있었다. 그러나 눈은 증오나 싫음이 아니었다. 죄책감 어린 눈이었다. 라일락은 교회 뒤편으로 솔에게 손짓했다. 솔은 잠시 자리를 떴다. 마지막이었으니까. 정말 마지막으로 저 애의 말을 들어볼 것이다.

라일락은 빼끔거리다가 천천히 입을 열었다.

"미안해…. 리더스가 온 뒤로 내가 얼마나 어리석었는지 알았어. 내가 질투심에 제정신이 아니었어. 지금에 와서야 사과해. 미안해."

솔은 라일락을 보았다.

"용서를 바라는 거는 아니야. 어린 나는 네가 인느 삼촌의 관심을 받는 게 부러웠나 봐. 괜히 내 과거 때문에… 너를 못살게 굴었어."

이기적인 고백이었다. 라일락 인느는 아버지에게 버림받았다. 그리고 질투심 하나로 솔을 괴롭혔다. 솔은 당장은 라일락을 이해할 수 없었다. 솔의 입에서는 쉽사리 답이 나오지 않았다. 라일락 인느는 고개를 끄덕이며 말했다.

"답 안 줘도 돼. 런던에서 희망을 빌어. 그 말을 하려고 왔어."

라일락은 그 말을 한 뒤, 반대편으로 뛰어갔다. 그녀에 대한 답도 런던에서 찾을 수 있으리라.

리더스와 솔이 짐을 들고 마차를 기다리고 있을 때, 인느 목사는 조용히 다가왔다.

“정말, 정말 감사했어요.”

“어제 충분히 말하지 않았니. 조심해서 가라.”

인느 목사는 마지막으로 두 사람에게 기도를 해주었다. 둘은 마차에 탔고, 마차는 덜컹거리며 그들을 런던으로 인도 했다. 단 몇 시간 만에 결정 난 일인데도 솔은 확신으로 가득 차 있었다. 리더스는 곰곰이 무언가를 생각하고 있었다.

솔은 공책을 열어 한 문장을 적었다.

하루면 런던에 도착한다.

런던. 그 이름이 주는 효과는 엄청났다. 솔은 진짜 도시가 무엇인지 알게 되었다. 모든 길은 좁고 진흙탕이었으며, 공기는 악취로 가득 차 있었다. 새벽에 가까운 시간이었지만 아이들은 뛰어다니며 괴성을 질러대고 있었다. 아일랜드 하층민들이 말다툼을 하는 소리도 들렸다. 오물 덩어리와 쓰레기 덩어리 사이에 술을 마시고 있는 연인들도 있었다. 그 와중에 교묘한 음악가들의 노랫소리나 악기 소리가 들려왔다. 솔이 들은 음악은 교회의 낡은 피아노가 전부였으므로, 귀를 쫑긋 새우고 들었다. 그러다가 커다란 권총 소리에 놀라 마차 안에서 넘어지고 말았다. 리더스는 조심히 있으라 하며, 그녀를 자신 옆에 앉혔다.

"이텔, 여기는 포츠머스나 사우스윅이 아니야. 괜히 영국의 신사들이 휴양을 위해 사우스윅을 찾는 게 아니란다."

"응. 알았어."

마차는 이내 덜컹거리며 큰길에서 우두커니 멈춰 섰다. 리더스는 마차에 내려서 능숙하게 솔에게 손을 내밀었다.

"고마워."

"어이, 젊은 아가씨. 놀다 갈래?"

집시 무리 쪽에서 소리가 들려왔다. 큰 키의 남성이 다가오려 하자 리더스는 재빨리 열쇠로 문을 열어 솔을 안에 들여보냈다.

"잠깐 기다려."

문이 닫혔다. 솔은 뒤를 돌아보았다. 높은 계단, 그리고 작은 문. 솔은 익숙하지 않은 어두운 공간에 떨면서 리더스를 기다렸다.

잠시 후, 짐가방 세 개를 들고 그가 돌아왔다. 그리고 손짓으로 계단 위를 올라가게 했다. 삐걱거리는 소리와 함께 도착한 2층에는 문 하나가 있었다.

리더스는 어둠 속에서 헤매며 열쇠를 찾았다. 덜컹, 소리와 함께 방을 열었다. 새벽이라 잘 보이지 않았다. 미세한 달빛에 의존한 둘은 성큼성큼 낯선 공간에 들어섰다.

"침대가 하나밖에 없어. 내가 소파에서 잘게. 내일 시장에 가서 하나 구해 오자."

오랜 마차 여행에 피곤했던 솔은 고개를 끄덕였다. 그리고 짐가방만 풀어둔 채 리더스가 안내해 준 작은 침대에 잠을 청했다. 서늘하고 낯설었지만, 오늘 밤만큼은 숨을 수 있는 집 같았다.

솔이 눈을 감는 모습을 리더스는 고요히 지켜보았다. 조끼만 벗으며 넥타이를 조금 풀고, 소파에 앉아서 머리를 쓸었다. 그리고 신성한 달빛을 받으며 조용히 무언가를 쓰기 시작했다.

"잘 잤어?"

리더스는 베이컨을 굽고 있었다. 솔은 몽롱한 표정으로 세숫물을 찾다가 여기가 교회가 아니란 사실을 깨달았다.

"응, 넌?"

"나도."

이 작은 방은 생각보다 넓었다. L 자 모양의 독특한 구조였다. 창문은 세로로 길게 벽 쪽에 네 개 정도 놓여 있었고, 먼지 가득한 벌건디 커튼이 그 위에 여러 개 펼쳐져 있었다. 왼쪽 벽에는 작은 벽난로에 소파 두 개가 앞에 놓여 있었다. 구석에는 다리가 하나 부러진 책상도 있었다. 그리고 솔이 잤던 침대는 방 안, 움푹 파인 곳에 있었다. 그 옆에 작은 캐비닛을 딛고 솔은 사뿐히 일어났다.

리더스는 이제 차를 타고 있었다. 그가 양동이에 세숫물도 미리 떠온 것 같았다. 솔은 미안한 마음에 벽장에서 접시를 찾아 손수건으로 닦기 시작했다.

고요한 아침 식사가 시작되었다. 물론 그 전에 기도도 잊지 않았다. 어제 마차에서 리더스와 솔은 거의 하루 동안 서로 아무 말도 하지 않았다. 솔은 내심 에피의 죽음 이후 죄책감을 심하게 느꼈을 그 앞에서 그런 말들을 쏟아낸 게 미안했다. 솔이 먼저 입을 열었다.

"이오니안 씨, 넌 이제 여기서 뭘 할 거야?"

"글쎄…. 공부를 더 해야 할 것 같아."

"학교에 다니는 거야?"

"이미 학기를 놓쳐서 4월에 학기가 시작하면 가야 해. 아직 두 달 정도 남아서 그전까지는 도서관에 가 있으려고."

솔은 자신이 무엇을 해야 할지 정하지 못한 터라 입을 다물었다. 문득 머릿속에 기억이 지나갔다. 릴리가 떠나기 전에 꼭, 아무 신문이나 애거니 컬럼을 보라고 당부했던 것이다. 일자리를 얻고 싶다면, 그 경로가 가장 빠르다는 말까지 덧붙였다. 솔에게 주어진 돈은 인느 목사가 준 최소한의 경비가 다였으므로 아껴 써야 했다.

"오후에는 돌아올 거지?"

"5시까지는 와볼게."

"나, 신문 좀 구해다 줘. 일자리 찾아보게."

"그래. 일단 내가 주위를 돌아다니며 분위기 좀 볼게. 그러니 며칠간은 집에 조심히 있어."

솔은 별말 없이 고개를 끄덕였다.

서늘한 공기가 뒷골목에 스며들었다. 새벽의 한가운데 어두운 그림자 하나가 모습을 드러냈다. 몸 다툼을 하고 있는 사내들을 피하고, 가짜 약을 파는 등 굽은 할멈을 피해서 걸어갔다. 빠르고 서투른 걸음에 누군가의 발에 걸려 넘어질 뻔했다. 골목 끝자락에 있는 허름한 술집 앞에 멈춰 섰다. 높이 있는 간판을 건드리기 위해 뛰었다.

탁, 탁, 탁.

세 번을 친 후, 무너져 가는 문을 열고 지친 표정의 아일랜드인 남자가 나왔다. 눈앞에 있는 조그마한 소년을 보았다. 소년은 살짝 모자를 들어 깨신 조명에 자신의 얼굴을 비추었다. 남자는 눈을 찌푸렸다가 데인의 목덜미를 삽고 들어갔다.

“그쪽으로 가면 순식간에 잡혀간다니까! 경찰 새끼들이 우리보다 먼저 대기하고 있을 거다.”

“그럼 어디서 해야 합니까. 지도만 몇 시간 째려본다고 답은 나오지 않습니다.”

"말은 그만하고 총부터 마련해야지. 총이 없는데 무슨 혁명이냐!"

술 냄새 가득한 방에 소년은 남자에 의해 던져졌다. 소년은 먼지 가득한 바닥에 처박혀 기침하며 망토를 벗었다. 검은 안대에 새빨간 머리, 집시들이 쓸 것만 같은 머리띠, 다 구겨진 셔츠 한 장에 투박한 에메랄드빛 조끼까지. 특이한 모양새였다. 다섯 명의 남자는 말을 멈추고 그를 바라보았다. 작은 소년은 일어서며 작게 인사를 건넸다. 소년은 눈을 반짝이며 높은 의자에 앉으며 말했다.

"안녕하세요, 아저씨들."

"꼬맹이 데인, 왔냐?"

데인 린치는 씩 웃으며 동전 몇 개를 꺼냈다.

"저도 술 마실래요."

남자는 구석에 있던 먼지투성이 잔과 병을 그에게 건넸다.

"오냐, 우리 동지들의 귀염둥이 아니냐."

중심이라 말하며 데인의 어깨를 장난스럽게 툭툭 쳤다. 데인은 술을 가득 채워 두 손으로 마셨다.

"먹고 죽자! 우리는 공장에 살면서 개돼지 취급도 못

받는데."

"죽어야지! 우리 같은 거는 기계보다 못한 놈들인데."

제일 나이가 많은 것 같은 흰머리의 남자가 쉰 목소리로 거들었다.

"그때 그 기계 놈, 다 부셔야 했어."

"정치인들 다 똑같아요. 하원이든 상원이든, 토리당이든 휘그당이든."

데인이 조금 붉어진 얼굴로 말했다. 아침에 길에 가다가 정치인의 마차를 막았다는 이유로 뺨을 맞은 기억이 되살아났기 때문이다.

"그놈들을 믿는 거는 갓난아기 때 그만뒀다."

"서류, 이 서류로 말하는 게 통할 거라 생각하는 사람까지!"

술에 제일 취한 듯한 검은 머리 사내가 흐느끼며 말했다.

"천천히 종이가 세상을 바꿀 거라고? 이 영국을? 그야말로 배부른 소리지! 당장, 당장 바뀌어야 해."

이곳은 그런 자들을 위한 작은 세상이었다. 꿈꾸는 자들이 아닌, 꿈에 뭉개져서 사는 곳. 하루 벌어서 하루 사는 것도 힘겨운 사람들이 가득한 곳. 데인 린치도 그런 사람이다. 그들은 제대로 공부한 적 없으며 글자를 아는 사람도 적었다. 하지만 무언가 잘못되었다는 것은 확실히 알았다. 그러나 위쪽까지 전할 수 없었다. 종이로 가득한 사회는 종이 벽들을 만들었다. 쉽게 찢을 수 있는 종이 벽이겠지만, 그들이 가진 건 무력한 말밖에 없었다. 그들은 외친다. 바보같이, 의미가 없다는 걸 알지만 소리를 지른다.

"위쪽에서 온 거는 없냐?"

"없소. 그저 똑같은 머저리 같은 말뿐이오."

데인은 잔을 들고 계속 술을 마셨다. 말소리는 점점 작아지더니, 하나둘 집으로 돌아가기 위해 방을 나갔다. 검은 머리 남자가 나가기 전 데인의 어깨를 잡고 말했다.

"데인 린치, 넌 외치면 달라진다고 생각하니? 난 이제 모르겠다."

빨간 머리 아이는 망설임 없이 대답했다.

"세상은 바뀌어야 해요. 우리는 맞아요. 그들이 틀리고."

"난 이제 잘 모르겠다…. 가족들이 굶주려 가고, 곧

나도 죽을 것 같은데. 여기서 더 미래를 그리는 게….”

성인들은 원래 자신의 이야기를 하지 않는다. 술기운 때문일 수도 있지만, 작은 아이에게 말하는 것은 남자의 마지막 몸부림일 수도 있다. 자신의 어린 시절을 떠올리기 위해, 그 열정을 다시 살리기 위해. 젊은 사람들만 가지고 있는 희망이란 단어를 다시 밝히기 위해. 성인이 아이에게 답을 묻는 유일한 순간이다.

“우리가 외치면 달라질 거예요. 목소리는 단어보다 약할 수 있지만, 모두를 깨울 힘이 있어요. 전 그 힘을 믿어요.”

검은 머리 남자는 말없이 데인의 머리를 쓰다듬고 문으로 나갔다. 데인은 다시 테이블에 쓸쓸히 앉았다. 그 구석에 놓인 구겨진 깃발을 한참이나 바라보았다.

08.

무덤

솔은 일자리를 구하는 게 쉬운 일인 줄 알았다. 그러나 두 달이 지나도 진척을 보이지 못했다. 우선, 여자를 채용하겠다는 곳이 지나치게 적었다. 그리고 일자리가 하녀, 가정부 그리고 가정교사 이 세 가지로 단정되는 것 또한 문제였다. 가정교사를 하기에는 제대로 된 교육을 받은 적이 없고, 가정부를 하기에는 나이가 너무 적었다. 하녀가 되기 위해 몇 번이고 우편을 보냈지만, 동양인이란 것을 보고 반 이상은 보자마자 문을 닫아버렸다. 그래도 면접까지 볼 수 있게 해주는 경우도 있었는데, 그마저도 추천서가 한 장도 없다는 말에 바로 퇴짜를 놓았다. 수많은 문 앞에서 박대를 당하고 주섬주섬 자기소개를 챙겨야 하는 경험은 썩 좋지는 않았다.

솔은 공장에 취직하는 것까지 고민했지만 리더스가 뜯어말렸다.

처음 두 주 동안은 리더스의 말대로 얌전히 집에만 머물렀다. 그러나 벽에 갇힌듯한 답답함에 솔은 거의 매달리듯 리더스에게 도서관에 가자고 졸랐다. 그는 망토로 얼굴을 가려야 한다는 조건을 내걸었고, 그리하여 둘은 매일 하숙집 근처의 도서관을 향해 나섰다.

도서관은 먼지와 잉크 냄새로 가득했다. 처음 며칠간 솔은 신문 한 장을 읽는 데에만 3시간이 넘게 걸렸다. 단어는 뿌연 안개처럼 흩어졌다가도 간신히 형태를 되찾았다. 하지만 시간이 쌓이자, 문장들이 마치 강물처럼 흘러들어오기 시작했다. 세상의 이야기가 천천히 그녀의 것이 되었다.

리더스는 그런 솔을 옆에서 지켜보다가 종종 고개를 끄덕였다. "여자로서는 놀라운 지식이군." 몇 달 전 교회에만 매달려 살던 자신을 떠올리면, 솔은 그 말이 그저 놀라울 따름이었다.

시간이 남으면 책장을 넘겼다. 한 권을 끝내는 데 꼬박 일주일이 걸렸지만, 페이지마다 새로운 세계가 열리는 듯했다. 도서관은 그 후로 솔에게 꿈같은 공간이 되었다.

솔과 리더스는 블룸즈버리에 잘 정착해 갔다. 근처에 런던 대학이 있어서, 그들의 하숙집 인근도 시끌벅적했다. 따라서 솔은 의도치 않게 여러 이웃들을 마주하게 되었다. 우선, 1층에는 독신의 프랑스인 남자가 빵집을 운영했다. 탁한 영국의 구석에서 프랑스인의 유머가 통했는지, 유쾌한 성격의 사장 덕에 빵집은 아침에 붐볐다. 리더스와 솔도 아침을 그곳에서 자주 때웠다. 또한 그는 이 건물의 주인이기도 했다.

윗집에는 이름 모를 노랑머리의 예술가가 살았다. 저녁에는 일정한 소음이 발생하거나 비명이 들리기도 했다. 집주인 말로는 부자라는데, 살짝 맛이 간 것 같다고 했다.

갈색 머리의 남자아이는 매일 크래트리 필즈에서 8시부터 정오까지 신문을 팔았다. 솔은 매일 그곳에 들려 신문을 산 뒤, 리더스와 도서관으로 갔다. 솔은 매일 아이에게서 자신의 옛 모습을 떠올리곤 했다.

주위 사람들에게는 솔과 리더스가 남매라 소개하는 수밖에 없었다. 여기 사람들은 결혼도 안 한 남녀가 한 방에 앉아 같은 공기를 마시는 걸 용납하지 않았다.

4월이 시작되었다. 나른한 일요일 저녁, 리더스는 소파에서 신문을 보고 있는 솔에게 말을 걸었다.

"이텔, 나 내일부터는 학교에 나가야 해. 6월 말까지는 공부에 정신이 없을 거야. 그리고…."

리더스는 고민하는 눈치였다. 솔은 고개를 들어 그를 보았다.

"그리고?"

"에플로레스 양을 따라서 파티에 많이 나가야 할 거야. 정말 많이…. 이전처럼 같이 못 있어 줄 것 같아. 미안해, 우선 7월까지는 그렇게 해야 할 것 같아."

솔은 두 달 동안 리더스와 거의 모든 것을 같이 했으므로 조금 아쉬워했다. 이내 고개를 끄덕였다.

"상관없어. 애초에 내가 졸라서 온 거잖아."

"또 애거니 칼럼 쪽 보는 거야?"

"일자리가 없어서…. 고민이야."

리더스는 소파 뒤로 가서 솔이 읽고 있는 신문을 같이 보았다. 그리고 이내 눈을 반짝이며 신문 한구석을 가리켰다.

"이거 어때? 퇴역 군인이 하녀를 구한대."

"인종차별주의자거나 변태겠지."

"아니야, 혹시 모르잖아?"

"장소가 어디지? 읽어줘."

"으음…. 클러큰웰 그린. 치안 안 좋기로 소문난 동네이긴 하네…. 걸어서 30분 정도인 곳이네. 어때?"

"괜찮네, 내일 우편을 보내볼게."

일주일 뒤, 놀랍게도 금요일 10시까지 방문해 달라는 우편을 받았다. 솔은 살짝 떨리는 마음으로 금요일을 맞이했다. 안 그래도 리더스가 너무 바빠진 나머지, 혼자가 질린 터였다. 리더스는 솔이 일어나기도 전에 나가서, 새벽에 들어오곤 했다. 리더스가 사라지니 일주일 동안 말을 제대로 나눈 사람이 단 한 명도 없었다. 솔은 머리를 최대한 정리하고, 인느 목사가 준 손수건으로 반묶음을 했다. 그리고 애벗 부인과 질렛이 준 드레스를 입었다. 분명 사우스워에서는 한없이 반짝였던 드레스였는데 런던에서는 한껏 초라해 보였다.

약도를 보며 길을 찾아 나섰다. 클러클웰 그린에 가까워지자, 약도는 필요 없었다. 판잣집부터 작은 오두막까지 이곳만 런던이 아닌 것 같았다. 포츠머스 빈민가보다 심각한 위생 상태를 가진 여기는, 곧 무너져 내릴 것 같은 곳이었다.

퇴역 군인의 집은 판잣집 가운데 그나마 크고 깨끗했다.

솔은 떨리는 마음으로 문을 두드렸다.

"누구쇼."

"이텔 솔입니다. 며칠 전, 엽서를 보냈던."

"아, 미친 하녀. 젠장."

면전에서 얼굴도 보지 않은 채 욕을 먹은 것은 처음이었다. 솔은 바보 같은 표정으로 문만 쳐다보았다.

문이 벌컥 열렸다. 솔은 그의 모습에 당황하고 말았다. 나이가 든 60대가량의 노인이었다. 백발은 듬성듬성 머리에 나 있었고, 얼굴의 반쪽이 심하게 일그러져 있었다. 불길에 휩쓸린 조각품 같았다. 왼쪽 귀는 녹아서 형체가 보이지 않았다. 왼팔 하나와 왼쪽 다리 하나가 없었다. 그가 숨을 쉴 때마다 헉, 헉 거친 숨소리가 집안을 가득 채웠다. 곧 숨이 꺼질 것 같으면서도 살기 위해 아등대는 자의 숨이었다.

망가져 가는, 죽어가는 사람이었다.

솔은 최대한 평정심을 유지하려 했다.

"동양인? 영어는 할 줄 아쇼?"

"네."

"말이 많지는 않고?"

"없습니다."

"일은 언제부터 할 수 있으쇼?"

"오늘부터도 가능합니다."

"흠…."

그 남자는 한쪽 눈썹을 들고 고민하더니 괴팍하게 소리를 질렀다.

"아, 망할. 망할. 망할 다리. 그냥 월요일부터 나오쇼. 월수금, 오전 8시부터 저녁 6시까지요. 시급은 적힌 대로."

"알겠습니다."

남자는 바로 문을 쾅 닫았다. 솔은 잠시 당황스러워하다가 블룸즈버리로 돌아갔다.

토요일 아침 식사를 함께하던 리더스는 솔의 이야기를 듣고는 신심으로 기뻐했다.

"솔 드디어! 정말 축하해."

"좀 지내봐야 알 것 같아."

솔은 리더스에게 그의 외형에 관해서는 단 한 마디도 하지 않았다.

"너는 공부나 사교는 잘 되어가?"

"아마도? 일주일이 정신이 없다. 에플로레스 양이 수많은 거물을 파티에서 소개해 주셨는데, 이름이랑 작위가 너무 복잡해서 하나도 못 외우겠어. 하하."

리더스의 세계는 빠르게 돌아가고 있었다. 집 안에만 있는 솔과의 시간과는 달랐다. 하루가 빨리 지나가길 빌고 있는 솔과 달리 리더스는 하루가 부족했다. 같은 사람의 시간이 가진 가치가 이렇게까지 다를 수 있나 싶었다.

"넌 할 수 있을 거야. 그런데 릴리가 여기 있어?"

"정확히는 웨스트민스터 쪽 에플로레스 가문 별장에 가족들과 머물고 계셔. 나도 저녁에는 그쪽으로 넘어가야 해서 매일 그렇게 늦는 거야."

"맙소사, 넌 정말 많은 곳을 다니는구나."

"너도 같이 다니면 좋을 텐데…."

솔은 리더스의 말을 듣고는 머쓱하게 웃었다. 리더스의 말이 이제 무엇인지 이해할 수 있었다. '정상적인' 영국의 숙녀라면 솔의 나이쯤이면 버킹엄 궁전에서 데뷔탕트를 치르고, 수많은 파티를 다니면서 남편을 찾아야 했다. 솔은 절대 속할 수 없는 부류였다. 아무리 에플로레스 가문이 뒤에 있다고 해도, 아는 것도 없고, 피아노도 못 치고, 그림도 못 그리며, 아직 책도 제대로 못 읽는 동양인 여자를 파티에 초대할 사람은 없다. 애초에 솔이 그 모든 것을 소화해 낼 수 있다고 해도, 사람들은 절대 그것들을 먼저 보지 않았다. 먼저 눈이 가는 곳은 항상 피부색이었다. 솔이 처음에 런던에 왔을 때는 사람들의 시선 때문에 꽤 고생했었다. 시골 사우스윅에서는 단 한 번도 신경 써본 적 없던 부분들이 여기서는 모두 흠이었다.

"너라도 많이 눈에 담아놔. 그래야 나한테 토요일에 이야기해 주지."

"알았어. 오늘은 예전과 같이 도서관 갔다가 크래트리 필즈가서 산책이나 할까?"

"그래."

둘은 오랜만에 예전과 같은 생활을 하게 되었다. 리더스와 함께하는 런던은 색이 더해지는 것 같았다. 그는 아는 것이 많았고, 저녁에는 공원에 앉아서 수많은 사람들을 가리키며 이야기를 해주었다. 바람이 조금씩 세지고, 날이 추워지자, 리더스는 그만 돌아가자며 손짓했다.

"리더스… 있잖아."

솔이 벤치에 일어나기 전에 작게 말했다.

"우리 성인이 되어도 이럴 수 있을까?"

리더스는 그 말에 잠시 고민하더니 솔을 보았다.

"글쎄…. 이런 식이 아니어도 가끔 만날 수 있겠지. 우린 가족이니까."

"그런가…."

솔은 무릎에 턱을 괴었다. 솔은 최근에 미래를 그리려는 연습을 여러 번 해보았다. 인느 목사에게 집을 찾겠다고 큰소리쳐 놓았지만, 런던에서 며칠 생활해 보자 그 생각은 바로 깨지고 말았다. 런던이 요청하는 '보통 사람'의 기준은 너무나도 높고 어려웠다. 따라서 런던의 사람들과 어울리지 못했다. 이런 상황에서 집이라니, 터무니없는 소리 같았다.

"이텔 왜? 고민이 있어?"

"그냥…. 너는 이렇게 열심히 사는데, 나는 간단한 일자리 하나도 못 얻고."

솔은 누구에게도 자신의 이야기를 잘 하지 않았다. 외로움도 잘 타지 않았다. 그러나 일주일간 솔은 커다란 무력감에 휩싸였다. 리더스가 없는 솔은 한없이 약했다. 길을 걸으면 낯선 휘파람 소리가 따라붙고, 공원 벤치에 앉아 있으면 백인들이 당당하게 와서 솔의 자리를 빼앗았다. 공원에 남는 자리는 수없이 많았는데 말이다. 시장은 더 가혹했다. 가격표도, 규칙도 없었다. 동양인은 대체 무슨 죄를 저질렀길래 속이고도 양심의 가책을 하지 않아도 되는 걸까. 망토가 없으면 런던에서 살아갈 수 없었다.

내가 이렇게 혼자 아무것도 못 하는 사람이던가.

내가 문제인 건가.

내가 할 수 있는 게 뭐가 있지?

사우스윅과는 너무나도 달랐다. 런던에서는 숨을 쉬는 것조차 '가치'를 입증해야만 허락받는 것 같았다.

"이텔, 힘들면 사우스윅으로 돌아가도 돼."

사우스윅으로 돌아가고 싶지는 않았다. 따뜻한 곳이었지만 그곳에 자신의 미래는 없었다. 물론 지금 상황에서는 런던도 희망이 없어 보였다. 그 무엇에도 맞지 못한 자신이 싫었다.

"아니야…. 괜한 소리를 했네, 들어가자."

"이텔, 괜찮은 거지?"

리더스가 걱정스러운 눈빛으로 그녀를 보았다.

"당연하지."

솔은 그에 답해 활짝 웃었다. 리더스는 그녀의 웃음을 보고 안심하며 따라 웃었다. 솔의 무표정이 유일하게 사라지는 순간이었다. 솔이 런던에서 배운 첫 번째 생존 법칙이었다.

가짜 웃음 짓기.

월요일에는 성큼성큼 퇴역 군인의 집으로 갔다. 괜히 그 낡은 문 앞에서 망설여졌다. 솔 정도면 가뿐히 밀 수 있었지만, 너무나도 높고 매섭게 느껴졌다. 솔은 문을 바라보며 우물쭈물 몇 분간 고민하다가 안에서 호통 소리가 들리자 빠르게 문을 열고 들어갔다.

"왜 이제야 오는 것이요. 8시가 넘었잖소."

"죄송합니다, 잠시 길을 잃는 바람에…."

입에서는 빠르게 거짓말이 피었다가 지었다.

"사회적 통념에 약속은 그렇게 쉽게 깨라고 명시되어 있지 않소. 나는 늦는 것을 정말 싫어하오. 늦는 놈들은 역으로 기다리는 사람의 마음을 느껴봐야 하오. 다음부터는 이런 일이 없었으면 하오."

"알겠습니다."

솔은 재빨리 고개를 숙이고 남자의 집에 들어갔다. 리더스와 솔의 하숙집보다 조금 큰 방이었다. 물건들은 모두 불규칙하게 어질러져 있었다. 먼지가 쌓이지 않은 곳이 없었다. 거미와 개미는 이미 자신들의 집인 양 바닥을 점령하고 있었다. 구석에는 책들이 잔뜩 쌓여 있었는데, 거미줄이 쳐져 있는 게 많았다. 요리를 할 수 있는 공간이 있었지만, 선반에 있는 거라곤 반쯤 금이 간 식기와 곰팡이 핀 식빵이 전부였다. 이런 집안에서 유일하게 멀쩡한 곳은 한 빨간 소파였다. 남자는 그 소파에 털썩 주저앉았다.

"해야 할 일은 청소요. 그리고 점심, 저녁을 만들어 주쇼. 장은 알아서 지갑에서 꺼내 보시오."

솔은 생각보다 해야 할 일이 없어서 놀랐다. 그리고 구석에 쥐가 반쯤 파먹은 빗자루를 꺼내서 바닥을 쓸기 시작했다.

한 10분쯤 지났을까. 그 남자가 말을 걸었다.

"내 이름을 말했던가, 그레이브스요. 나는 원래 장교로 있었수. 전쟁에서 운 좋게 정말 큰일을 맡게 되었지. 심지어 난 그 작은 전투에서 승리했소. 대단한 전수였다고, 파티에서 입이 아프도록 칭찬했지. 그런데… 그런데….”

그레이브스는 갑자기 말을 끊더니, 소리를 질렀다. 아, 악! 연속적인 비명이 귀를 깨트리는 듯했다. 솔은 당황해서 눈을 크게 떴다. 그리고 그는 아무 일 없었다는 듯 말을 이어갔다.

“당신, 군인들을 제대로 본 적 있수? 파티나 무도회에 가본 적은? 없다고? 당신 무슨 재미로 사는 거요.”

군인은 잠시 솔이 동양인인 걸 잊은 것 같았다.

“파티에서 나는 항상 위였소. 모든 사람이 나의 비위를 맞추느라 굽신거렸지. 나는 그게 정말 좋았소. 나랑 약혼하고 싶다는 사람이 넘쳐났지. 당신, 파티를 가게 된다면 그 집 마당을 먼저 봐야 하오. 꼭 명심하시오. 그 이유는….”

이런 일이 1시간 간격으로 반복되었다. 그레이브스는 말하는 것을 좋아했다. 특히 자신의 군대 이야기를 하는 것을 정말 좋아했다. 그리고 혼자 신나서 이야기하다가 잠시 입을 닫고는 서글픈 표정을 지었다. 또한 그는 갑자기, 아무 때나 불규칙적으로 소리를 질렀다. 그가 원해서 하는 짓은 아닌 것 같았다. 솔은 깜짝깜짝 놀랐지만 내색하지 않기 위해 노력했다. 그리고 총소리와 비슷한 소리에 무척 민감했다. 따라서 솔은 물건 정리를 할 때 조용히 움직여야 했다.

솔이 장까지 보고 점심과 저녁을 멀끔하게 차리자, 그는 정말 기뻐했다. 솔이 할 수 있는 것이라곤 간단한 계란 요리와 수프가 다였지만 그레이브스는 아무 말도 하지 않았다. 대신 식사가 끝나고 구석에 있는 요리책을 눈짓했다. 솔은 그 요리책을 가방 속에 넣었다.

6시가 되었다는 종이 치자 그레이브스는 바로 솔을 집에서 내쫓았다. 문을 닫기 직전, 멀쩡한 눈으로 솔을 보며 말했다.

"통과요. 당신은 참 이야기를 잘 듣는군. 이름이 뭐라고?"

"이텔 솔입니다."

"솔, 자네는 계속 나오시오."

솔은 지난 1년 동안 말 많은 질렛과 애벗 부인의 모든 이야기를 들어주었기에 이 정도는 아무것도 아니라 생각했다. 솔은 그에게 인사하고 길을 나섰다.

기분이 좋았다. 런던에 온 이후로 두 달 반 만에 무언가에 훌륭한 쓰임새가 되었다. 그레이브스의 얼굴도 계속해서 보니 어느 정도 적응이 되어갔다. 리더스는 예상하던 대로 하숙집에 없었고, 솔은 혼자서 소파에 누워 책을 읽다 잠들었다.

"이텔, 이텔 솔!"

새벽에는 누군가 자신을 부르는 소리에 잠에서 깼다. 릴리가 리더스를 데리고 하숙집에 들어온 것이었다. 사우스웍에서의 출발 이후로 처음 보는 릴리였다. 솔은 비몽사몽하지만 반가워하며 그녀를 맞이했다. 릴리는 리더스를 보고는 씩 웃으며 손을 입에 가져갔다. 리더스는 곤히 서서 자고 있었다. 솔은 그가 자는 모습을 꽤 오랜만에 보았다.

"리더스의 침대는 어디지?"

검은색 커튼으로 가려진 곳을 가리켰다. 릴리는 리더스를 그대로 침대에 두고는 커튼을 다시 쳐주었다. 그리고 손을 털며 서랍에서 양초 하나를 꺼내 불을 붙였다.

오랜만에 보는 릴리는 무척 아름다웠다. 검은 남성용 정장에 보터햇을 쓰고 있었다. 가짜 콧수염과 릴리의 큰 키에 멀리서 보면 작은 성인 남성으로 오해할 것 같았다. 높게 틀어 올린 금발이 보터햇 아래에서 반짝였다. 장난스러운 웃음을 짓고 있는 소녀는 솔의 머리를 쓸며 말했다.

“잘 있었어?”

“네, 덕분에요. 오랜만이네요, 릴리.”

“이제 잘 부르네. 기특하다.”

“왜… 옷이….”

릴리의 옷은 누가 봐도 수상한 차림새였다.

“하하, 내가 몰래 움직일 때는 이렇게 입어야 해. 내가 런던 밖에서 코빼기라도 비치면 기자들은 어떻게든 기사를 쓰려고 애를 쓰니까. 슬픈 사연이지.”

솔은 단번에 릴리의 말을 이해했다. 예전 사우스웍의 솔이었다면 못했을 것이다. 블룸즈버리 근처를 산책하다 보면 귀족이나 상류층 집안을 여럿 볼 수 있었다. 그러나 릴리만큼 빼어난 미모의 사람은 없었다. 그리고 신문에서는 귀족들의 이야기를 좋아했다. 에플로레스 가문이 별장으로 돌아왔다는 자잘한 기사까지 실리는 경우도 있었다.

“부럽…네요.”

저도 모르게 솔은 내뱉어 버렸다. 이내 당황스러운 표정으로 릴리를 보았다.

"제 말은… 그게, 그 아니라…."

"부럽다는 말, 진심이지?"

"아니요…. 아니요…."

그 말을 듣자마자 떨리는 오른손을 솔은 빠르게 감추었다.

"런던 생활 생각보다 힘들지? 나도 처음에 여기 왔을 때는 힘들었어."

"아니요…. 정말 괜찮아요."

솔의 눈에는 또렷한 물방울 하나가 흘러내렸다. 양초에 반사되어, 더 투명하고 빛나는 방울이었다.

"괜찮아. 나도 처음엔 나 자신이 부러운 사람이었으니까."

릴리가 자신의 이야기를 꺼내는 것은 처음이었다. 릴리는 옆 소파 다리를 꼬고 앉았고, 솔에게도 자리를 권했다. 집주인과 손님이 바뀐 것 같았다. 릴리는 고개를 들어 천장을 보며 웃었다. 그 웃음은 화려했지만, 어딘가 피곤해 보였다.

"내가 런던에 처음 온 건 8살 때였어. 어린 나는 모든 게 낯설었지. 사람들은 처음에는 지나치게 예쁜 나에게 호의적이었어. 아이들 모두 너도나도 친구가 되고 싫어서 안달이었고, 어른들은 성숙한 나를 좋아했으니까. 사교계에 정말 잘 맞는 인재였지."

릴리는 꿈꾸는 듯한 눈빛이었다. 솔은 릴리를 바라보았다. 항상 릴리가 정말 꽃같이 아름답다고만 생각했지, 그런 속사정은 한 번도 생각해 본 적이 없었다.

"나는 매년 사교 시즌을 기다리게 되었어. 귀족 중에 어린아이를 데리고 파티나 무도회에 가는 경우는 없었어. 우리 어머니가 날 아끼셔서 모든 규칙을 깨고 날 데려갔지. 사람들은 날 좋아했어. 그런데 그 행동 하나가 내 모든 인간관계를 망쳤어. 우선 먼저 등을 돌린 건 내 유일한 친구이자 가족이었던 언니였어. 데뷔탕트가 뭔지 알아? 모든 결혼 적정기가 된 여자들이 왕비 앞에서 인사하는 행사야. 여왕의 반응으로 앞으로의 런던 생활이 결정되지. 언니는 완벽하게 해냈고, 여왕은 나쁘지 않은 반응을 보였어. 그러나 무도회 때… 빛나는 관심을 받은 건 다 언니가 아니고 나였어. 여왕이 어린 나에게 말을 걸었고, 신문에는 언니 대신 내가 실렸지."

솔은 릴리의 눈을 보았다. 상상의 푸른 물방울은 꺼지고 텁텁한 남색만이 남아 있었다.

"내가 언니의 찬란한 영원을 멈췄어. 내가 유일하게 사랑하던 사람을 그렇게 잃은 거야. 난 그때 깨달았어. 진심으로는 버틸 수 없구나."

릴리는 손끝으로 가짜 콧수염을 돌리며 농담처럼 속삭였다.

"그래서 연기하는 거야. 사랑하는 것보다 사랑하는 척이 더 쉽거든."

"그럼… 릴리는 가족이 없어요?"

릴리의 눈동자가 잠시 흔들렸다. 완벽했던 릴리가 처음으로 흔들렸다. 릴리는 이내 눈부신 미소를 지었다. 빛이 꺼져가는 보석이 억지로 광을 내려 애쓰는 것 같았다.

"연기를 하는 게 내 답이었어. 항상 그 사람들을 분석해서 잘 알아내야 해. 그리고 그에 맞는 연기를 해주는 거야. 난 이제 이게 재미있어서 사교 시즌을 기다려. 난 아직 데뷔탕트를 하지 않아서, 결혼 눈치를 안 봐도 되거든."

"전… 모르겠어요."

"곧 알게 될 거야."

"정말 아무것도 모르겠어요."

솔은 릴리가 답을 찾아낸 게 부러웠다. 릴리는 신비로운 웃음소리를 내었다.

"인느 목사한테 들었어. 집을 찾겠다고 했다며? 그거를 하면 되겠네."

"생각보다 쉽지 않더라고요."

"말했잖아. 복잡한 게 좋다고. 천천히 생각해 봐. 일자리도 구했다며? 너의 런던 생활은 이제 시작이야. 너만의 생존 방식을 찾아봐."

릴리는 그 말과 함께 일어나서 솔에게 인사를 했다. 그리고 능숙하게 열쇠를 찾아 방으로 들어갔다. 솔은 아직도 릴리가 어떤 사람인지, 왜 자신을 좋아하는지 이해하지 못했다. 아무리 생각해도 이상한 사람이었다.

솔은 무심코 웃어버렸다. 그 웃음이 진짜인지, 가짜인지조차 알 수 없었다. 지금 당장은 그 구분이 중요하지 않았다. 크래트리 필즈에서 피리 소리가 들려왔다.

도시는 여전히 낯설고, 여전히 커다랬다.

하지만 솔의 마음 어딘가에서, 아주 조그마한 불씨 하나가 깜빡이기 시작했다.

09.

빨간 고양이

클러큰웰 그린은 참으로 이상한 동네였다. 알고 보니 그곳은 빈민가로 꽤 악명이 높은 곳이었다. 포츠머스 빈민가와는 차원이 달랐다. 우선 정말 다양한 사람들이 어울려 지냈다. 동양인들도 꽤 있었다. 태어나서 본 동양인은 애벗 부인이 유일했는데, 이곳에는 길을 가며 쉽게 볼 수 있었다. 물론 그들의 대우는 하층민 중 가장 아래였다. 얼굴이 검은 사람들도 여럿 보았는데, 그들은 허구한 날 서로에게 권총을 겨누며 허공에다가 총을 발사했다. 유쾌한 웃음에 독특한 콧수염을 기르고 있으면, 이탈리아인들이었다. 이곳 산업의 대부분을 차지하고 있는 사람들이다. 코 모양이 독특한 유대인들도 자주 보았는데, 테이블에서 돈을 굴리며 내기를 자주 했다.

인종부터 국적, 종교까지 정말 다양한 사람들이 어울려 사는 곳이다 보니 사건 사고들이 끊이지 않았다. 그레이브스가 왜 솔의 퇴근 시간을 칼같이 지키는지 알게 되었다. 7시를 넘어가면 이곳은 무법지대가 되었다. 솔이 다음 날 아침거리를 사기 위해 6시 이후 클러큰웰 시장을 돌아다닌 적이 있다. 조금 전 걸어간 거리를 다시 지나가려 하자 그곳은 아예 다른 곳으로 탈바꿈되어 있었다. 술집 앞에는 여자들이 소리 지르며 걸어 다니는 사람들을 잡고 있었다. 도박판은 돈을 깔 곳만 있다면 차려져 있었고, 싸움이 터져서 주먹질이 오가는 곳도 많았다. 그리고 총소리가 여럿 들렸다. 솔은 망토를 뒤집어쓴 뒤, 빠르게 달려서 겨우 그 거리를 벗어날 수 있었다.

솔은 그레이브스가 대체 이런 동네에서 어떻게 살아남았는지 매번 의구심을 가졌다. 게다가 큰 소리에는 민감한 그가, 저녁과 새벽에 연달아 터지는 총성을 어떻게 감당하고 있는지 의문이었다 그레이브스는 정말로 특이한 사람이었다. 그는 왜 그런 동네에서 살고 있을까. 그레이브스가 옛이야기를 할 때면 항상 빛나는 시절만 입에 담았다. 그 시절이 끝나면 그의 말을 조금

씩 느려졌고, 입꼬리가 점점 내려가며 이야기는 끝이 났다.

솔은 나름 바쁘게 일주일을 보내고 있었다. 월수금은 그레이브스를 만났고, 화목은 도서관에서 하루 종일 시간을 보냈다. 토일은 주로 혼자 집에서 조용히 생각을 정리하는 시간을 보냈다. 가끔 릴리가 리더스와 같이 들어오면 그들과 이야기하며 밥을 먹었다.

자연스럽게 런던에 적응해 가며 이전 고민은 천천히 잊게 되었다.

그리고 6월 중반쯤, 솔은 충격적인 소식을 접했다.

"리더스가 약혼한다고요?"

릴리가 먼저 꺼낸 말이었다. 리더스는 이번에도 술에 취해 침대에 엎어져 있었다. 저녁 8시가 다 되어갔으므로, 릴리는 슬슬 떠날 준비를 하고 있던 차였다. 솔은 눈이 동그래진 상태로 릴리를 보았다.

"어머, 이 오니안이 말 안 했어?"

"일주일간 마주친 적이 없어서…."

"약혼식도 작게 다음 주에 치를 거야."

리더스는 이제 20대 초반이었으므로, 서두르는 것도 나쁘지 않다고 생각했다. 하지만 너무 갑작스러웠다.

솔은 이렇게 빨리 변화가 나타날 줄은 몰랐다.

누구인지 물으려 했다가 솔은 자기도 모르게 입을 닫았다. 또, 이름과 작위가 긴 사람들 중 하나겠지. 이상하게도 리더스에게 벽이 느껴졌다.

"곧 대학도 졸업하니, 나쁘지 않은 시기이지."

"이것도 릴리가 주도한 거예요?"

"뭐, 생각하고 싶은 대로."

릴리는 탑햇을 쓰고 긴 검은 코트를 걸쳤다. 솔은 어안이 벙벙했다. 릴리는 내심 마음에 걸리는 듯 문을 열며 말했다.

"너무 신경 쓰지 마. 결혼은 몇 년 뒤 이야기니까. 적어도 5년은 있어야 할 거야. 지금은 이 생활을 즐기렴."

"너 약혼한다며?"

솔은 단도직입적으로 물었다. 일요일 오후였다. 실수로 늦잠을 잔 솔과 숙취로 인해 아침에 학교를 가지 못한 리더스가 오랜만에 같이 하숙집에 있는 날이었다.

"누가 그래?"

"릴리가. 어제 너 자고 있을 때."

리더스는 지끈거리는 머리를 감싸고 있었다. 그리고 꿀물을 조금 마시며 말했다.

"그렇게 되었어."

복합적인 감정이었다. 분명 그의 앞길을 축하해 줘야 하는데, 친한 가족을 잃는 아쉬움과 미리 말해주지 않았던 배신감이 한꺼번에 밀려 들어왔다. 솔은 어쩌면 아니라는 대답을 기대한 걸 수도 있다. 솔은 그의 짧은 대답에 뒤를 돌며 말했다.

"미리 말해줬을 수도 있잖아."

"바빴잖아."

리더스는 누가 봐도 말을 나눌 상태가 아니었다. 반쯤 풀어진 셔츠에 붕 뜬 머리까지. 평소와는 달리 무척 흐트러져 보였다. 일단 두통에 정신을 못 차리는 것 같았다. 솔은 오히려 그 모습에 그가 조금 더 미워졌다.

"누구랑 하는데?"

"라일락 언느."

솔은 또 그 말에 경악을 금치 못했다. 라일락과 리더스 사이에 무슨 일이 있었던가? 둘은 말도 별로 섞어보지 못했지 않은가. 라일락이 리더스를 좋아하는 것은 진작에 알고 있었다. 그러나 리더스는 왜 라일락을 택한 것일까? 더 묻고 싶었지만, 입은 외딴 말을 내뱉었다.

"매일 저녁에 술이나 마시러 다니면서, 쪽지 하나 쓰는 게 그렇게 어려웠어?"

평소와 같았으면 절대 안 나왔을 말이다. 드디어 안정적 생활을 시작했다는 믿음을 가지게 되었는데, 그걸 깨트려야 한다는 게 두려웠다.

"이텔 솔. 너는 이게 얼마나 중요한 건지 몰라."

리더스는 낮은 목소리로 머리를 쓸며 말했다.

"내가 왜 몰라? 내가 뭘 모르는데?"

"그냥 전부 다."

"넌 항상 그렇게 날 무시해야겠어?"

"이텔 그 말이 아니잖아. 네가 신경 쓸 일도 아니고."

"이게 왜 내가 신경 쓸 일이 아니야?"

솔과 리더스가 이 정도까지 말소리가 올라간 적은 어릴 적 이후로 처음이었다.

"하루하루가… 바빠 죽겠어. 신경 쓸 일도 한둘이 아니고. 널 신경 쓸 여유가 없었어."

"우린 가족이잖아."

"난 너 같이 시간이 남아돌지가 않아."

리더스는 순간 말하고 아 하며 솔의 얼굴을 보았다. 솔은 이미 뒤돌아 있었고, 얼굴은 보이지 않았다.

"잠시만 이텔."

"일하러 가야 해."

솔은 문을 쾅 닫고 나갔다.

떨리는 오른손을 등 뒤로 숨기고 계단 아래에 수구려 앉았다. 사실이다. 그가 한 말 중에 틀린 말은 없다. 하지만 왜 이렇게 맘이 아픈 것일까. 그저 유일한 자신의 편이었던, 가족이었던 그조차 솔을 그렇게 생각하고 있다는 사실이 아팠다. 뒤떨어지고 있다는 걸 느꼈지만, 무시하기 위해 노력했던 것 같다. 자신의 미미한 성장도 그에게는 아무 일도 아니었을 거다. 사교계에서 번쩍거리는 사업과 보석만 듣다 보면 동양인 애 말은 들리지도 않겠지.

리더스가 욕설을 내뱉는 소리가 낮게 들렸다. 그 애도 후회하고 있을 거다. 그러나 그를 보고 싶지 않았다.

정처 없이 떠돌다가 도착한 곳은 클러클웬 그린이었다. 무의식적으로 리더스가 오지 않을 만한 곳을 찾다가 이곳까지 오게 되었다.

그레이브스의 문을 두드렸다. 그는 문 앞에 있는 솔

을 보더니 놀라며 인상을 찌푸렸다.

"청소하고 싶어서요."

"들어오쇼."

예상과 다른 그레이브스의 간단한 대답에 솔은 묵묵히 고개를 끄덕였다.

그레이브스의 집은 깨끗해지고 있었다. 첫날과는 확연히 달랐다. 솔은 그의 컵에 물을 채워두고 빗자루로 바닥을 쓸기 시작했다. 그레이브스는 소파에서 아무 말 하지 않고 천장을 지그시 보고 있었다.

"그레이브스 씨는… 가족을 떠나보낸 적 있어요?"

솔은 절대 남에게 무엇을 먼저 묻는 사람이 아니었다. 특히 만난 지 얼마 안 된 사람이라면 더더욱. 맘이 공허해서 무의식적으로 나온 말이었다. 그레이브스는 잠시 솔을 보더니 답했다.

"가족? 가족이나 친구나 의미 없소. 애새끼들은 그 조그만 것들이, 내가 살기 위해 여기저기 꿰매고 잘라낸 걸 보더니 괴물이라고 문을 닫아버렸소. 내 손으로 키운 것들이."

어쩌면 그의 말소리가 도움이 된 것 같다.

"그래서 지금은 혼자요. 아무도 안 오고, 아무도 안

남지. 그게 편해. 괜히 사람을 들이고 정 주면, 또 훔쳐 갈 테니까."

"속상한 게 정상이죠."

"정상? 허… 정상이라. 세상에 '정상'이 어딨다고. 속상해하면 뭐가 달라지나? 죽은 사람 살아 돌아와? 잘린 팔이 다시 붙어? 애들이 문 열고 들어와서 '아버지' 하고 안기나? 젠장, 다 쓸데없는 감상이잖소. 그러니 '정상'이란 말은 딴 데 가서 쓰쇼."

"그렇죠. 그럼 어떡해요. 그냥 두고 봐요?"

"그냥 옛 기억으로 두는 거지. 영원한 건 없소. 내 옛 가족들이 떠오르는군. 내 아내는…."

솔은 조용히 바닥을 쓸었다. 마음이 이상했다.

그레이브스는 말하다가 졸린 듯 꾸벅꾸벅 졸더니 금세 소파에서 잠에 들었다. 솔은 그가 일어날 때까지 기다렸다가 자리를 떴다. 그러다 보니 어느새 8시가 훌쩍 넘어 있었다. 그레이브스는 호통을 치며 빠르게 솔을 내쫓았다.

솔은 망토를 쓰고 천천히 걸어갔다. 유난히 하숙집에 들어가기 싫었다. 리더스가 집에 없었으면 했다. 아, 없겠구나. 또 그 망할 놈의 파티나 갔겠지.

이상하게 거리 분위기가 달랐다. 술집도, 선술집도, 여관도 모두 문을 닫았다. 건물 안도 고요했고 밖은 조용했다. 오히려 멀리서 소리가 들려오고 있었다. 많은 사람들이 터벅터벅 걷는 소리와 함성이었다.

한 남자가 임시로 세운 나무 상자에 올라서 목청껏 외쳤다.

"정의를 달라. 여섯 개의 조항을 지켜라. 투표권을 달라!"

20명 정도의 사람들이 튀어나와 소리를 질렀다. 이상한 광경이었다. 백인 남자 노동자들이었다. 그들의 투박한 손에는 거친 피켓이 하나씩 들려있었다. 한 사람, 한 사람의 목소리가 합쳐서 큰 하나의 소리를 내었다. 상자 위 남자는 그들을 조용히 시켰다.

"우리는 왜 돈과 권력 앞에 움츠려서 살아야 하는가. 거창한 걸 바라는 게 아니다. 그저 우리의 목소리를 들어줄 지도자를 우리도 우리 손으로 뽑고 싶은 것뿐이다. 형제들이여, 그렇지 않은가?"

사람들은 열광했다. 횃불을 다들 각자 한 손에 들고 크게 소리쳤다. 솔은 집단의 힘을 태어나서 처음 보았다. 클러큰웰 사람들은 엮일까 봐 창문으로 힐끗 그들을 바라보고 있었다.

그들의 외침은 대략 10분간 계속되었다. 그 시위는 점점 거세져 갔고, 솔은 괜한 걱정에 골목 사이에 숨어 있었다. 뛰어서 블룸즈버리로 돌아갈 수 있었지만 그러지 않았다. 묘한 궁금증과 두려움이 솔을 이끌고 있었다.

흑인들이 나와서 꺼지라고 소리치기도 했지만 그들은 아랑곳하지 않고 전진해 갔다.

피리 소리.

금속 부딪히는 소리.

그리고 경찰의 파란 제복 무리가 골목에서 쏟아져 나왔다.

“흩어져라. 불법 집회다!”

몽둥이가 번쩍였다. 그럴수록 노동자들은 거세게 소리를 질렀다. 밟힌 잔디가 아무 소리도 못 내듯, 그들은 서서히 그 작은 몽둥이 아래에 꺾여갔다. 피가 났다. 빨간 무언가가 몽둥이를 위협했다. 풀잎 하나가 자신의 날쌘 잎을 마지막으로 펼치는 듯, 노동자들의 피가 여기저기서 흩날렸다.

그리고 그 광경 아래에는….

피와 같은 색의 빨간 머리 아이가 하나 있었다. 마르고 작은 체구에, 검은 안대를 쓰고 있는 아이였다. 건장한 어른들 사이에서 자기 몸만 한 피켓을 끝까지 흔들고 있었다. 몽둥이가 그를 가격한다.

이런.

솔은 저도 모르게 눈을 감았다. 보고 싶지 않았다.

소리가 잠잠해질 때까지 기다렸다가 골목을 천천히 나가려 했다. 경찰들은 이미 20명 남짓을 모두 때려눕힌 후였다. 노동자들은 바닥에 쓰러져 모두 머리나 팔을 부여잡고 흐느꼈다. 그들을 울린 건 아픔이 아니라 무력감이었다. 30분도 못 되어 진압당하는 피 흘린 연약한 풀잎들.

"철수합시다."

경찰들은 피 묻은 몽둥이를 들고 하나둘 떠났다. 솔은 10분간 더 기다리다가 밖으로 나갔다. 노동자들은 사라지고 없어졌다. 바닥에는 핏자국이 조금 남아 있었다.

씨오발즈 로드쯤 도착했을까. 시간이 늦어서 큰길에는 아무도 없었다. 겁나는 마음에 망토를 더 눌러쓰고 발걸음을 빠르게 했다.

“흑…. 흑.”

구슬픈 울음소리가 들렸다. 그냥 지나치려 했지만 너무나도 명확하게 들렸다. 심지어 어린아이의 것이었다. 달래주는 어른의 말소리는 들리지 않았다.

아이의 것이었다.

다른 이유는 필요 없었다.

솔은 그 소리의 근원지를 찾아 발걸음을 돌렸다.

쓰레기통 아래에 솔과 비슷한 키의 남자아이가 울고 있었다. 쨍한 빨간 머리. 아까 그 아이였다.

솔은 그 아이의 앞에서 어쩔 줄 몰라 했다. 대체 무엇을 어쩌자고 여기까지 온 것일까? 자신에 대한 혼란이었다.

아이는 솔을 보더니 황급하게 몸을 웅크렸다. 그리고 안대로 가라지 않은 눈으로 그녀를 쏘아보았다. 파란빛의 눈이었다. 릴리를 떠올리게 했다.

꼭 빨간 고양이 같았다.

아이의 팔과 다리는 이미 멍투성이였다. 이마가 찢어진 듯 피가 철철 흐르고 있었다. 핏자국 아래 딱딱하게 갈라진 살결 위로는 흙먼지가 덮여 있었다.

솔은 숨을 삼켰다.

아이는 인기척에 돌아서 솔을 보았다. 파란 눈동자는 상당히 위협적인 눈빛을 보내고 있었다. 길고양이 같은 눈빛이었다. 인느 목사가 솔을 처음 보았을 때 이런 기분이었을까.

솔 또한 오만한 고양이 같은 표정을 지었다.

“가.”

쉰 목소리가 나지막하게 새어 나왔다.

“꺼지라고, 동양인 따위가.”

솔은 황당한 표정으로 그 아이를 보았다. 인느 목사가 이럴 때 어떻게 했더라. 새삼 인느 목사가 너무나도 존경스러웠다. 솔은 절대 남의 일에 깊게 간섭하는 사람이 아니었다.

아침에 있던 일 때문이었다.

아이였기 때문이다.

자신의 과거가 떠올랐기 때문이다.

잊었다고 생각했는데 몸이 기억하고 있었다.

솔은 아무 대꾸도 하지 않았다. 대신, 망토를 벗어 아이 쪽에 던졌다. 아이의 표정이 잠깐 멈췄다. 정말 잠깐, 알아차리기 어려웠지만 그는 솔은 보았다. 흔들리는 눈빛이었다.

"꺼지라니까."

표정은 적대적이었지만 목소리는 떨리고 있었다. 눈가에는 아직 눈물이 말라붙어 있었다. 솔은 인느 목사 같은 사람이 아니었다.

솔은 조용히 돌아섰다. 뒤에서는 여전히 흐느끼는 소리가 들렸다. 그러나 솔은 걸음을 멈추지 않았다.

20분쯤 더 걷자, 블룸즈버리로 돌아올 수 있었다. 리더스는 예상대로 하숙집에 없었다. 괜히 이불을 머리 끝까지 덮어쓰고 잠에 들었다.

일주일 뒤, 리더스는 직접 솔에게 사과의 말을 건넸다. 솔은 기꺼이 그 사과를 받아들였다. 싸운 날 이후로, 리더스와 솔은 서로에게 지나치게 예의를 차리며 지냈다. 그 외에는 모두 옛날 같았다.

월요일에 솔은 나가자마자 뒷기리에서 카키색 망토 하나를 샀다. 아이에게 망토를 준 것은 어리석은 선택이었다. 동양인인 솔은 망토가 없으면 거리로 나갈 수 없다. 만약 망토가 없다면 도서관에도 출입 금지를 당할 것이다. 왜 아이에게 망토를 주었을까.

며칠 뒤, 그레이브스네로 향하는 골목길이었다. 뒤에서 발소리가 났다. 한두 걸음 늦게, 규칙 없이 서투른 발자국이었다.

"…."

솔은 고개만 살짝 돌렸다. 붉은 머리카락이 담벼락 너머로 사라졌다.

그레이브스의 집에 도착해 문을 두드릴 때도, 일 마치고 나올 때도, 항상 같은 거리에서 그 아이가 있었다. 어떤 때에는 멀찍이 구경만, 어떨 때는 모퉁이 뒤에서 눈만 반짝였다.

쫓아오는 것도, 대놓고 부르지도 않는 것도 아닌, 작은 고양이 같았다.

눈치가 둔한 솔이 알아차릴 정도로 아이는 근래에 솔을 쫓아다녔다. 솔은 클러큰웰에 갈 때마다 두리번거리는 습관을 지니게 되었다. 그 애가 없으면 살짝 아쉬움이 들기도 했다. 일주일이 더 지났을 때쯤, 그 애가 먼저 솔에게 다가갔다.

"넌 누구야?"

아이는 솔보다 키가 약간 작았다. 밝은 곳에서 그 애 얼굴을 본 것은 처음이었다. 상처투성이의 얼굴을 가지고 있었다. 어중간한 길이의 빨간 머리 아래, 집시가 쓸 것만 같은 손수건을 두르고 있었다. 거기에 검은 안

대까지, 특이한 모양새였다.

"이텔 솔."

솔은 망토를 더 눌러썼다. 그레이브스는 늦는 것을 극도로 싫어했다. 농땡이 피울 시간은 없었다.

"이상한 이름이네. 어른 같지도 않고 애 같지도 않고."

"응."

솔은 말을 끊고 발걸음을 옮겼다.

"나, 나는 데인이야!"

데인은 빨간 머리칼을 날리면서 솔 앞에 멈춰 섰다. 솔은 고개를 갸우뚱거리며 데인을 보았다. 몇 주 전까지만 해도 욕을 퍼붓던 아이 아닌가.

"너도 동지야?"

솔은 처음 들어보는 난어에 눈을 동그랗게 뜨고 그를 보았다. 데인은 어깨를 으쓱하고 솔을 바라보았다. 데인은 오히려 무뚝뚝한 솔에게 궁금증을 보이는 것 같았다. 정말 이상한 애였다.

"다음에 또 봐!"

그레이브스네에 도착하자 데인은 뒤쪽으로 뛰어갔다. 솔은 그레이브스네에 노크하면서 그 애의 뒷모습을 바라보았다.

데인 린치는 그날 이후 그림자처럼 솔의 곁을 맴돌았다. 늘 말이 많았고, 늘 웃으며 다가왔다. 솔은 그런 그를 귀찮아하며 밀어냈지만, 데인은 쉽게 물러나지 않았다.

그날도 다르지 않은 하루였다.

"도둑이야!"

시장 한복판에 날카로운 외침이 울렸다. 가난한 이들에게 가장 무서운 말이었다. 사람들은 이유를 따질 필요도 없었다. 분노를 쏟아낼 구실 하나면 충분했다. 눈총과 욕설이 한 사람에게 쏠렸고, 군중은 그 사람을 쫓으며 자기들이 정의롭다는 착각에 도취했다. 자신이 정의롭다는 그 사실에 취해 정의를 잊는 아이러니를 저질렀다.

불쌍한 남자는 콧물과 눈물로 얼굴을 뒤덮은 채 달아나고 있었다. 무릎은 수없이 넘어져 피투성이였고, 신발은 이미 벗겨져 있었다. 솔은 시장 구석에서 그 광경을 묵묵히 바라보았다. 씁쓸함이 목구멍에 걸린 듯 삼켜지지 않았다. 경찰이 도착해 군중이 흩어지자, 솔도 고개를 돌리려 했다.

“그 사람, 도둑 아니에요.”

귀에 익은 목소리가 시장을 가르며 울려 퍼졌다. 경찰들 옆에, 반짝이는 붉은 머리가 보였다. 솔은 놀란 듯 고개를 갸웃거리며 사람들을 헤치고 앞으로 나아갔다.

“제가 봤어요. 빵을 훔친 건 다른 사람이었어요.”

소년의 목소리는 굵고 단단했다. 마치 말의 무게를 아는 사람처럼.

“원하시면 법정에서도 증언할 수 있어요. 그렇게 할까요?”

자신의 몸집보다 두 배는 큰 어른들 앞에, 작은 아이가 서 있었다. 눈을 피하지도, 목소리를 줄이지도 않았다. 오히려 불쌍한 남자를 등지고, 당당히 그 자리를 지켰다. 그 모습은 어린 전사 같았다,

“쥐새끼 같은 놈아! 네 말을 누가 믿어?”

어리수한 경찰 하나가 고함을 질렀다.

“너 같은 것들도 다 한패일 테지.”

“제가 봤어요.”

데인은 흔들리지 않았다. 목소리는 더 단단해졌다.

실랑이 끝에 그는 결국 법정으로 가게 되었다. 마차

에 오르기 직전, 데인은 솔을 보았다. 짧지만 선명한 시선이 오갔다. 그의 파란 눈은 놀랍도록 반짝였다. 그것은 꿈을 품은 사람의 눈이었다.

그날 이후, 솔은 더 이상 데인을 밀어낼 수 없었다. 아니, 그 눈빛을 본 순간부터 이미 불가능했었다.

마차가 멀어지자, 시장은 다시 일상의 소음으로 가득 찼다. 하지만 솔의 가슴에는 낯선 울림이 남아 있었다. 자신과는 전혀 다른 세상에 사는 아이, 허무맹랑한 꿈을 꾸는 듯한 눈동자. 귀찮다고만 여겼던 그가, 이제는 쉽게 떨쳐낼 수 없는 존재가 되어가고 있었다.

10.
마침표

1년간 런던에서의 시간은 지나치게 빠르게 지나갔다. 계절이 끊임없이 피고 지어 어느새 달력은 1840년을 가리켰다. 작년과 같이 10월에 들어서자, 날이 쌀쌀해졌다. 런던에서 맞이하게 될 두 번째 겨울이 찾아오고 있었다. 포츠머스에서의 겨울과는 색과 향이 달랐다. 런던은 아이러니하게도 여름보다 겨울이 따뜻했다. 곳곳에 노란 전등이 놓여 있었고, 호랑가시나무나 초록 덩굴로 꾸며져 있었다. 빵집이나 가게에서는 계피 냄새나 생강 냄새가 퍼졌다. 따스한 벽난로를 써야 하는 시기기도 했다.

솔은 리더스에게 묘한 거리감을 느꼈다. 그도 그럴 것이, 리더스를 일주일에 한 번도 보기가 어려웠다. 리더스는 사교 시즌이 끝났는데도, 공부 때문에 점점 더 바빠져 갔다. 솔 또한 이쪽 생활에서 나름 잘 정착해 가고 있었다. 글도 이제 비교적 빨리 읽게 되었고, 노트에 쓰는 것들은 이제 남이 알아볼 수 있을 정도였다. 신문은 일자리를 구한 후에도 계속 챙겨 읽었다. 가끔 리더스 이오니안이란 이름이 신문에서 보이기도 했다.

리더스와 솔은 이제 서로의 세계로 들어갈 수 없었다. 보이지 않는 벽이었다. 예전 같으면 붙잡았을 그 거리를, 이제는 조용히 받아들였다.

리더스와의 거리는 멀어졌지만, 세상은 다른 방식으로 솔에게 손을 내밀었다.

그레이브스와 솔은 점점 친해졌다. 알고 보니, 그레이브스는 클러큰웰 그린에서 외톨이 신세였다. 사람들이 백인 남자를 싫어하기도 했고, 그레이브스의 모난 성격을 다들 감당 못 했다. 애초에 예전에 길을 걸을 때면 아이들이 그레이브스에게 괴물이라 돌을 던지기도 했다 한다. 솔과 그레이브스가 계속 함께할 수 있었던 이유는 솔의 성격이었다. 솔은 조용했고, 남의 일에 간섭하는 것을 싫어했다. 그레이브스는 그 점을 가장 만족스러워했다. 그레이브스는 보수를 밀리지 않았기에 솔은 그 일을 그만둘 이유가 없었다.

또한 클러큰웰에 가는 이유가 하나 더 생겼다. 화, 목에도 도서관에 가기 전, 그곳에 들르곤 했다. 이게 모두 데인 린치 때문이었다. 데인은 매일매일 솔이 클러큰웰에 올 때마다 같은 시간에 말을 걸었다. 데인 린치는 사회주의자이자 차티스트 운동의 동지였다. 그 스스로가 자신을 그렇게 소개했다. 어린아이라 생각했지만, 솔보다 고작 한 살 적었었다. 5개월 만에 그의 키는 이제 솔보다 한 뼘이 더 커졌다. 데인은 자신만의 확실한 신념과 사상을 가지고 있었다. 시위나 전단지 등 적극적으로 자신의 의견을 내뱉곤 했다. 그런 점이 솔을 이끌었다.

릴리는 요번 년에도 4월쯤 올라왔다가 8월 초에 사교 시즌이 끝나자 다시 포츠머스로 내려갔다. 릴리의 소식은 편지로도 신문으로도 자주 들었다. 그녀가 데뷔탕트를 완벽하게 해내었다. 여왕님이 일어나 이마에 입을 대었다는 기사를 시작으로, 릴리는 사교계의 별이 되었다. 사교 시즌에는 거의 매일 릴리가 신문 어딘가에서는 언급이 되었다. 기자들은 그녀가 영국 1등 신붓감이라고 칭찬했다. 따라서 릴리는 저택에만 지냈고, 하숙집에서는 보기가 어려웠다. 릴리와는 편지를 주로 주고받았다. 솔은 아직 글을 쓰는 속도가 느렸으므로 편지를 받고 일주일이 지나야 답장을 할 수 있었다. 릴리와 솔은 점점 가까워지고 있었다. 솔은 릴리의 편지를 매일 기다렸다.

"오늘도 도서관 가?"

데인이었다. 솔은 화요일 아침에 클러큰웰 그린 주변을 산책하고 있었다.

"넌 시위 회의하러 가?"

"아니! 오늘은 없어."

데인이 점점 다가왔다. 솔은 그를 힐끗 보더니 말했다.

"너 키가 점점 크는 것 같다."

"커야지. 나 점점 동지들 내에서 중요한 역할을 맡고 있어. 곧 정말 중요한 일이 있어서, 꼭 그때까지 더 커야 해."

"뭔데?"

"비밀."

솔은 살짝 삐친 채 발걸음을 빠르게 옮겼다.

"아아 미안해, 솔. 퍼트리면 안 되는 거라…."

데인은 장난스러운 웃음을 흘렸다. 데인은 큰 비밀을 알게 되어 자랑스러운 아이같이 뿌듯한 표정이었다. 결국 솔은 그를 보고 따라 웃었다.

"몇 주 뒤부터는 자주 못 올 것 같아. 오더라도 일주일에 한 번 정도? 그레이브스 씨가 먼저 제안해서…. 겨울이다 보니."

"그래?"

데인은 아무렇지 않게 걸어 나갔다. 그러다가 휙 뒤돌며 말했다.

"너, 우리 집 와본 적 없지. 도서관 가지 말고 와볼래?"

솔이 아무 말도 하지 않자 무안하다는 듯 덧붙였다.

"아니 뭐…. 겨울이니까."

솔은 잠시 망설이고 대답했다.

"그래."

데인은 솔을 골목 쪽으로 이끌었다. 클리큰웰 그린도 지저분한 거리였지만, 이 골목과 비교하면 깨끗한 편이었다. 골목은 런던에서 더러운 것들만 모아둔 곳 같았다. 쓰레기가 집 창문 끄트머리까지 쌓여 있었고, 쥐가 대놓고 사람들 앞을 돌아다녔다. 구릿한 냄새가 코를 감쌌다. 집들이 가득함에도 사람 하나 없었다. 이런 점이 무섭게 다가올 정도로 조용하고 싸늘했다.

데인이 멈춰 선 곳은 무너져가는 건물 아래에 작은 창고 같은 곳이었다. 깨진 창문이 여러 개 붙어 있었고, 더러운 커튼이 그 뒤로 보였다. 금이 간 돌로 만들어진 지붕과 심하게 갈라진 벽이 있었다.

데인은 오히려 당당하게 열쇠로 문을 열고 들어갔다. 방은 정말 작았다. 네 사람 정도가 들어가면 바로 꽉 찰만한 크기였다. 문 바로 앞에는 바닥에 천 조각을 깐 임시 침대가 있었다. 그 옆에는 작은 테이블과 나무 상자가 자리했다. 나머지는 잡동사니로 가득했다. 구두약, 성냥부터 굴뚝 청소 도구까지 그가 얼마나 많은 일을 했는지 보여줬다. 이곳의 유일한 빛은 랜턴 하나였다.

집은 어쩌면 화려한 공간이 아니라, 누군가를 기다리는 소박한 공간일 수도 있다는 생각을 처음 하게 되었다.

"조금만 기다려. 이거…. 찬물 먹으면 배 아프니까."

그는 어색하게 중얼거리고 컵을 랜턴 위에 데우며 말했다. 솔은 고개를 끄덕이며 컵을 두 손으로 받았다. 순간, 데인의 손끝과 솔의 손끝이 스쳤다. 솔은 아무렇지 않게 컵을 내려다봤지만, 데인은 솔을 보지 않고 뒤를 돌아보았다. 귀 끝이 살짝 붉어져 있었다. 솔은 그것을 보지 못했다.

"허술하지…, 집."

솔은 주변을 둘러보았다. 작고 더럽지만 사람 냄새 나는 집이었다. 솔은 자신의 하숙집을 떠올렸다. 조용하고 죽어 있는 그곳보다는 나았다.

"허술한데, 괜찮네."

"그래? 그럼, 다행이네."

"혼자 살아?"

"5년 전, 12살부터 혼자 살았어. 예전에 할아버지 때 대기근이 있었대. 그때 감자 농사 폭삭 망하고 런던으로 내려왔어. 아빠는 감옥 가고, 엄마는 결국 술 마시다가 죽었지. 아빠가 감옥에서 돌아와서 동생들과 날… 괴롭히길래, 그냥 데리고 무작정 집을 나와버렸어. 동생들은 런던 끝자락 고아원에 있어."

솔은 생각보다 무거운 이야기에 바닥만 보았다. 데인은 솔의 표정은 힐끗 보고는 장난스러운 미소를 흘렸다.

"난 동생들을 다시 데리러 가는 게 내 목표야. 꼭 걔네랑 멋진 집을 짓고 살 거야."

"동생들은 그 후로 본 적 있어?"

"아니…. 기차표 끊을 돈도 없고, 마차를 탈 수도 없고. 좀 바빴거든."

"동생들이 너 보고 싶어 하겠다."

데인은 말없이 미소만 지었다.

"너… 원래 이런 이야기 잘해?"

"글쎄."

랜턴 불빛이 깜짝이며 벽에 그림자를 흔들었다. 작은 방은 고요했고, 두 사람의 말소리만 오갔다.

"너 반응이 궁금하니까. 하게 되는 것 같기도."

"궁금해?"

"응, 네 표정 지금 엄청 웃겨."

솔은 짓궂은 데인을 툭 쳤다. 데인은 웃으면서 사과했다.

"미안해. 이것도 장난. 너한테만 보여주는 거니까, 다른 사람한테는 비밀."

장난스럽게 말했지만, 데인은 긴장되는 눈빛으로 솔을 곧게 바라보고 있었다. 솔은 컵만 바라보고 있어서 그 눈빛을 알아차리지 못했다.

솔은 데인의 말뜻을 고민하고 있었다. 왜 자신에게

만 보여주는 걸까. 1년간의 인연을 너무 쉽게 믿는 거 아닐까. 데인은 아직 아이 같았다. 솔에게는 그가 그렇게 보였다. 사람을 그렇게 쉽게 믿으면 안 된다. 솔은 진지하게 고민하다가 한마디 덧붙였다.

"너 그렇게 사람 쉽게 믿으면 안 돼."

"아… 알았어."

데인은 씁쓸한 표정이었다. 솔은 그가 왜 기분이 상했는지 알아차리지 못했다. 그의 기분을 풀어주기 위해 한마디를 덧붙였다.

"12월에는 네가 우리 하숙집에 놀러 와. 거기 자주 비어 있어."

"그래?"

데인은 다시 미소를 되찾았다.

"나 진짜 간다?"

"그래."

솔과 데인은 날이 어둑어둑해질 때까지 안에서 대화를 나누었다. 배가 고파지면 데인이 요리를 해주기도 했다. 그레이브스와 마찬가지로 6시가 되기 전, 데인은 솔에게 망토를 건네주었다.

"조심해서 가."

데인은 떠나는 솔을 지켜보았다. 그녀는 어두운 뒷골목으로 사라졌다.

12월이 찾아왔다. 데인은 11월 초부터 바쁘다는 이유로 솔과 함께하지 못했다. 아침의 산책도, 그의 장난도, 말소리도 모두 없었다. 이상하게 솔은 그가 없어서 아쉬웠다. 아쉬운 걸 넘어서… 보고 싶었다. 그렇게 데인이 솔의 인생에서 큰 부분을 차지하던 사람이었던가. 그저 장난스러운 지인 아닌가. 고작 한 달 사라졌다고 이상하게 공허했다. 솔이 주로 하숙집에서 가만히 앉아서 데인 생각을 했다.

그레이브스도 날이 점점 더 추워져 솔에게 12월이 끝나고 올 것을 권유했다. 솔은 결국 조용히 고개를 끄덕였다.

매일매일 하숙집에서 조용한 나날을 보냈다. 날씨가 급격하게 추워져서 도서관에 가지도 못했다. 리더스는 런던 대학에서의 마지막 시험을 준비하느라 너무 바쁜 나머지, 기숙사에서 지내고 있었다. 인느 목사는 편지에서 솔에게 작년과 같이 포츠머스로 내려올 것을 권유했다. 솔은 이미 짐을 싸놓았고, 크리스마스 5일 전, 리더스와 포츠머스행 기차를 타고 내려갈 계획을 세웠다.

크리스마스 일주일 전, 릴리가 솔을 찾아왔다. 마지막 편지에서는 11월 중반쯤, 여왕의 출산을 축하하기 위해 에플로레스 경, 부인 그리고 언니, 오빠, 동생들과 런던을 찾는다고 했다. 아마 런던에는 길게는 못 머물 것 같다고 해서 사우스웍 교회에서 보기로 한 둘이었다. 솔은 릴리를 보자마자 놀랄 수밖에 없었다.

"솔, 정말 잠깐밖에 못 있어. 곧 나를 찾을 거야. 잘 들어. 네 빨간 머리 친구, 지금 감옥에 있대."

"네?"

릴리는 흰 드레스 차림에 화려한 머리와 치장을 하고 있었다. 정말 말 그대로 급하게 움직인 것 같았다. 릴리는 절대 하숙집을 찾을 때 드레스를 입거나 얼굴을 드러내고 오지 않았다.

"클러큰웰 감옥이야. 거기 소문 알지? 영국 전역에서 제일 피 터지는 곳이야. 심지어 어리다며, 이미 죽었을 수도 있어. 지금 차티스트 시위가 너무 많아서 경찰들이 사회주의자들은 다 때려죽이고 있어."

솔은 떨리는 오른손을 뒤로 가져갔다. 데인이 죽었

을 수도 있다니. 머리에서는 무언가 정상적인 사고가 끊기는 기분이었다. 그 어떤 생각도 들지 않았다. 해맑게 웃던 아이가 어두컴컴한 감옥에 있다니.

"어서, 시간이 없어. 빨리 망토 입어. 나랑 경찰서로 가자."

솔은 릴리가 시키는 대로 하는 수밖에 없었다. 솔은 오랜만의 외출이라 최대한 얼굴을 꽁꽁 싸맸다.

"솔, 최대한 얼굴 가려. 여기서 이상한 소문이 퍼지면 더 이상 도와줄 수가 없어. 심하면 사우스윅으로 돌아가게 될 거야."

"네."

생각해 보니 런던에 온 이후로 릴리와 밖에 함께 나가는 것은 처음이었다. 릴리는 최대한 허리를 꼿꼿이 세우고 흰 망토를 두르고 건물 밖으로 나갔다. 이 날씨에는 가혹한 옷차림이었다.

"에플로레스 양, 산책하시는 건가요?"

"브리저튼 경. 반갑습니다."

릴리는 밝게 웃으며 그를 대했다. 간단한 몇 마디만 오간 뒤, 둘은 서로 정중하게 인사하고 다시 걸어 나갔다. 문제는 이런 일이 경찰서에 갈 때까지 끊임없이 반복되었다는 거다. 솔은 애가 탔지만, 망토 안에서 떨고 있는 수밖에 없었다. 릴리가 이를 모를 리가 없었다. 하지만 릴리에게는 에플로레스 양으로서 해야 할 일이 있었다.

"에플로레스 양. 반갑습니다."

경찰이 먼저 그에게 다가가 고개를 숙였다. 릴리는 환하게 웃으며 말했다.

"반갑습니다. 부인과 아이들은 모두 안녕하신지요."

일상적인 대화가 오갔다. 릴리는 자연스럽게 데인에 대한 말을 꺼냈다.

"저 윌리엄 경관님, 데인 린치에 대한 소문을 들으셨나요? 폭탄을 던졌다는 어린아이요."

"정말… 저는 기가 막혔습니다. 에플로레스 양 같은 숙녀분들은 우리 경찰들이 지킬 거니 안심하시지요."

"저는… 그 이후로 정말 무서워서…. 전 런던에 없었지만, 마르멜로 경이 여기 근처에 머물고 계시거든요. 전 정말 너무 걱정되어서…. 그 아이는 어떻게 되었나요?"

릴리는 바로 눈물을 터트렸다. 그리고 손수건으로 붉어진 눈가를 닦았다. 솔은 빠르게 변하는 릴리의 눈빛을 읽었다. 이 정도면 되었을까? 경관을 힐끗 쳐다본 것이었다.

"클러큰웰 감옥에 갇혀 있습니다. 고약한 빨갱이 놈들이 가는 곳이죠. 걱정하지 않으셔도 됩니다."

"어찌 어린아이가! 악마의 짓임이 틀림없어요. 아이들은 모두 하느님이 주신 맑은 영혼을 가지고 있는데…. 그 아이를 돕고 싶어요. 제가 그 아이를 다시 하느님의 편으로 만들고 싶어요."

경관은 당황한 표정이었다. 그리고 어쩔 줄 몰라 하며 릴리에게 말했다.

"에플로레스 양, 그런 일은 저희가 하는 겁니다. 저런 아이들은 매와 몽둥이로 다스려야 해요. 아가씨께서는 모르실 겁니다."

"제발요 경관님. 저는 그 아이에게 새로운 세상을 보여주고 싶어요. 부디, 사례는 저희 가문에서 넉넉하게 할 겁니다. 하느님의 어린 양으로 다시 자라게끔 제가 도울게요. 마르멜로 경이 추천한 생각이에요. 부디 부탁드립니다."

몇 번의 요청과 거절이 오갔다. 경찰관들은 점점 숙녀가 운다며 소란스러워지기 시작했다. 릴리가 하인을 시켜 경관의 주머니에 무언가를 살며시 넣자, 모든 대화가 끝났다. 결국 경관은 릴리가 보는 앞에서 클러큰웰 감옥에 전갈을 보냈다.

"경관님, 하느님의 축복이 있기를 감사합니다. 정말."

"아가씨는 너무 착해서 문제입니다."

릴리는 큰절을 하고 경찰서에서 나왔다. 그리고 하인이 멀뚱히 마차 옆에 있는 솔을 바라보자, 릴리는 표정을 굳히며 말했다.

"얼른, 엄마와 아빠에게 돌아가야 해. 서둘러."

릴리는 마차를 타며 솔에게 윙크하고 떠났다.

솔은 분수 가에 주저앉았다. 그리고 큰 안도의 한숨을 내쉬었다. 데인이 살아 있었다. 아직 그를 도울 시간이 있다. 곧 릴리에게서 편지가 올 거다. 정말, 정말 다행이었다.

잠시 놀란 마음을 진정하고 주변을 둘러보았다. 추운 것도 잊고 밖에 계속 나와 있었다. 데인이 감옥에 갔단 사실 하나에 왜 이리 자신이 요동치는 것일까. 어쩌면 에피의 죽음 이후로 누군가의 죽음이 두려워졌기 때문일 수도 있다. 아니면 가까운 누군가가 사라져서 불안한 걸 수도 있다. 아니면….

"…."

이상했다. 무언가 머릿속에 빠르게 스쳐 지나갔다. 설마, 아니겠지.

솔은 몇 시간을 더 분수에서 데인을 생각하며 보냈다. 어둑어둑해져도, 천천히 사람들이 사라져도, 누군가 솔을 손가락질해도, 상관없었다. 그가 보고 싶었다. 그게 전부였다.

다음 날 바로 릴리는 전갈을 보냈다. 내일 아침에 그가 클러큰웰 감옥에서 나온다는 말이 담겨 있었다. 솔은 새삼 릴리의 위치를 실감했다. 그녀의 한마디에 모든 일이 순식간에 처리되었다.

솔은 오전부터 노심초사였다. 아무것도 손에 잡히지 않았다. 인느 목사에게 떨리는 손으로 이번 크리스마스에는 교회로 못 간다는 편지만 적을 수 있었다. 먹는 것도 제대로 할 수가 없었다.

"솔, 잘 지냈어?"

저녁 10시쯤이었을까, 리더스가 들어왔다. 솔은 그

를 잠시 보고는 작게 비명을 질렀다. 그에게 크리스마스 날에 포츠머스에 못 간다는 말을 전하는 것을 잊고 있었다.

"왜, 무슨 일이라도 있어? 우리 내일 아침에 떠나야 해."

"리더스… 그게…. 나 이번에는 못 내려갈 것 같아."

"응?"

"인에게는 이미 말했어. 나… 친구가 다쳤다고 해서, 좀 봐주러 가야 할 것 같아. 자세한 거는 릴리한테 들어."

"그래?"

리더스는 잠시 당황한 것 같았지만 담담하게 받아들였다. 솔은 오히려 그가 이에 대해 물을 줄 알았다. 그러나 리더스는 그 대신 등 뒤에 숨긴 술과 잔 두 개를 꺼냈다.

"그럼, 우리 둘만의 크리스마스라도 잠시 보낼까?"

솔은 그 술을 보았다. 머리를 비우고 싶었다. 또한 리더스의 표정이 심상치 않았으므로 고개를 끄덕였다.

둘은 첫 잔을 부딪쳤다. 솔은 술을 좋아하지 않았다. 하지만 잘 마셨다. 예전에 술집에 있을 때 알게 된 사실이었다.

세 번째 잔쯤부터 슬슬 취기가 돌기 시작했다.

"너…."

리더스가 불쑥 입을 열었다. 술기운 때문인지 목소리가 평소보다 낮았다.

"왜 요즘 나한테 벽 쌓아? 웃지도 않고…. 나랑 있으면 불편해?"

솔은 대답 대신 술잔만 내려다봤다. 1년 동안 자주 보지 못했지만, 리더스는 가족이었다. 멀어진 가족이란 말이 정확했다.

"바쁘니까, 방해하기 싫었어."

리더스는 잠시 멍하니 그녀를 바라보다가, 웃었다. 술기운 섞인 웃음이었다.

"미안해. 그날 너한테 한 말이 아직 마음에 걸려. 진정한 사과를 이제야 하네. 머저리같이."

"우리가 제대로 마주친 날이 있어야지."

둘은 웃었다. 솔은 아직 술기운에 물들지 않았지만, 리더스는 이미 꾸벅꾸벅 고개를 흔들고 있었다. 이렇게 술에 약한 사람이 어떻게 파티와 클럽에 참여한 것일까.

"나, 정말 바보 같다."

리더스는 반쯤 눈을 뜨고 술병을 빙빙 돌리며 말했다.

"난… 술이 싫어. 금방 졸리고… 내일 숙취도…."

리더스는 말꼬리를 흐렸다. 솔은 그의 옆에 조용히 앉아 있다가 한마디 거들었다.

"나도 너한테 사과해야 해. 널 계속 혼자 둬서 미안해."

"그건 네 잘못이 아니잖아. 너도 힘들었던 시기였고. 하지만, 하지만…."

리더스의 눈시울이 붉어졌다.

"너무 힘들었어. 정말, 정말 미칠 듯이 힘들었어. 내 꿈의 크기는 너무 컸고 난 그걸 받아들이지 못했어. 날마다 꿈은 점점 크고 원대해져 가는데 결국 내가 마주하는 건 빈민가 리더스니까. 꿈의 무게가 날 짓누를 때였어."

리더스는 빠르게 말을 쏟아냈다. 솔은 그의 등을 천천히 토닥이며 말했다.

"괜찮아."

리더스는 고개를 푹 숙였다. 그리고 울기 시작했다. 이내, 거친 숨소리만 들려왔다. 솔이 한 잔쯤 더 들이마셨을 때, 아무 소리도 들리지 않았다. 솔은 그가 잠에 들었다고 생각해 술자리를 정리하려 했다.

"솔."

그는 고개를 들지 않은 채로 조용히 말했다.

"응?"

"나야말로 런던을 떠날까. 나…힘들어."

솔은 바로 그 말이 무슨 말인지 이해했다. 공부도, 사교도 둘 다 하는 사람을 들어본 적은 없었다. 리더스는 완벽주의자였다. 그가 스스로 그의 목을 조이고 있을 것이다. 이게 솔이 그를 빨리 용서할 수 있었던 이유였다.

"너는 목표가 있잖아. 이뤄야지."

"나는… 무시당하고 싶지 않아. 귀족들과 부자들이 제발 내 말을 한 번이라도 들었으면 좋겠어. 내 몇 년은 그 한순간을 위해 세워지고 있는 거야."

"넌 해낼 거야."

솔은 데인을 생각했다. 둘은 다른 듯 비슷했다. 내일 데인을 데리러 가려면 지금쯤 잠에 들어야 한다. 리더스에게 그만 정리하자고 말할 차였다. 그러나 리더스는 꿈쩍도 하지 않았다.

"우리… 언제부터 이렇게 되었지."

리더스는 솔을 바라보았다. 그의 눈은 무거웠고 슬

펴 보였다. 입을 쉽사리 뗄 수가 없었다. 언젠가부터 서로에게 다가가려 했던 그 한마디가, 결국 관계의 자물쇠가 되었다. 열쇠도, 열쇠 구멍도 없는 자물쇠였다.

솔은 고개를 저었다. 잔을 들어 한 모금을 더 마셨다. 무어라 말해야 할지도, 어떻게 행동해야 할지도 모르겠다.

나는 너를 단단히 조여 매는 그게 무엇인지 완벽히 알지 못할 거다. 아마 너도 모를 거다.

나는 그걸 공감해 줄 수 있다.

나는 그걸 조언해 줄 수 있다.

하지만 나는 그걸 알 수 없다. 너에게 답을 알려줄 수 없다. 이게 너와 내가 조금 멀어진 이유일 것이다. 하지만 너는 내 가족이었다.

"리더스, 사랑해. 난 항상 너를 응원해."

"솔, 나 처음에는 내가 성공하는 게 우리가 행복해지는 길이라 생각했어. 지금 생각해 보니, 정말 머저리 같은 생각이었다. 그 사이에서 가족을 소홀히 했으니까."

솔은 조용히 웃었다. 리더스는 술을 한 모금 더 마시고 엎드렸다. 그의 입꼬리는 조금 올라가 있었다. 이만하면 되었다. 너도, 나도.

"솔…. 나 오래 떠나. 아마 내년 8월까지 못 돌아올 거야. 같이 가자고 하려 했는데…. 넌 이제 옛날과 달라져 있으니."

리더스는 점점 작아지는 목소리로 말했다.

솔은 답하지 않았다. 그녀는 더 이상 두 사람이 전부인 작은 아이가 아니었다. 어른이 되어갈 때, 사회적 책임과 지위란 것을 가지게 된다. 솔은 그 모든 것을 가지고 있는 어른이었다. 그건 리더스도 마찬가지였다.

그는 책상에서 조용히 잠들었다. 리더스는 달빛을 받으며 반짝였다.

나와 네 마음의 무게가 같아질 때 다시 마주하길.

솔은 그 광경을 오랫동안 지켜보았다.

11.
단 한 번의 순간

다음 날, 동이 트기도 전에 리더스는 떠났다. 술에 약한 그가 숙취는 어찌 이겨냈는지 모르겠다. 솔은 데인을 찾으러 가기 위해 빠르게 집을 나섰다.

망토를 뒤집어쓰고 클러큰웰 교도소 입구 쪽을 서성거렸다. 릴리의 경고에 치마 대신 바지를 택했다. 교도소는 릴리에게 들은 대로 험악하고 더러웠다. 영국 전역에서 범죄 조직이 제일 많이 머무는 곳이라고 했다. 데인은 이런 곳에서 몇 개월을 지낸 것이었다. 작고 여린 아이가 어떻게 버텼는지 의심스러웠다. 또한 데인 린치는 고집이 셌다. 그는 사람들이 하란 대로 고분고분하게 지낼 애가 아니었다. 솔은 손톱을 깨물며 초조하게 정문을 보았다.

1시간쯤 기다렸을까, 두 사람이 데인을 끌고 나왔다.

솔은 벽 뒤에서 그 소리만 들을 뿐, 아무 짓도 할 수 없었다.

“곧 죽을 놈은 대체 어디다 쓰라고 풀어주래?”

“글쎄다, 높으신 분들의 고상한 취향인가 보지. 이 애 눈 봤어? 신기하잖아.”

“신기하긴 하지, 쓸데가 없는데?”

“귀족한테는 신기한 게 쓸데야.”

둘은 재미있는 농담이라도 하듯 킬킬거렸다. 데인의 목소리는 들리지 않았다. 입구 쪽에 무언가 ‘툭’ 떨어지는 소리가 들렸다. 문이 삐걱거리며 닫히는 소리가 들리자, 솔은 빠르게 달려 나갔다.

“….”

데인 린치는 의식을 잃은 상태였다. 1년간 솔은 데인이 시위나 집회에 참석한 뒤, 어디 하나는 다쳐오는 꼴을 자주 보았다. 그때는 머리를 한 대 쥐어박고 끝냈다. 이번에는 달랐다.

얼굴에는 찢어진 자국이 가득했다. 칼로 긋고 몽둥이로 잔뜩 팬 것 같았다. 왼팔과 오른팔은 멍 자국으로 가득했다. 어느 곳은 파랗고, 어느 곳은 보랏빛이었고, 어느 곳은 노랬다. 한 번만 당한 것이 아니었다. 여러

차례에 천천히 지속적으로 당한 것이었다. 다리는 무언가로 지진 듯 화상 자국이 많았다. 거의 빨간 머리카락은 아무렇게나 잘려있었다. 입고 있는 셔츠와 바지는 피로 물들어 있었다. 그의 얼굴과 몸은 이곳저곳이 부어 있었다.

솔은 본능적으로 그의 손을 잡았다. 잔뜩 부은 손가락에, 그 아래로 느껴지는 죽은 시체 같은 살결. 그런데… 무언가 이상했다.

왼손의 손가락 두 개가 없었다. 상처가 거의 다 아문 것으로 보아, 잘린 지 꽤 된 것 같았다. 솔은 데인을 보자마자 말을 잃었다.

솔은 원래 그 애를 업고 가려 했다. 그러나 데인은 솔이 못 본 사이에 한 뼘은 더 커져 있었다. 솔은 의식이 없는 그의 팔을 어깨에 두르고 힘겹게 큰길로 나가서 마차를 세웠다.

마부는 솔의 옷차림을 보고 고민했지만, 결국 솔 옆의 데인의 상태를 보고 허락했다. 하숙집 계단까지 마부와 함께 겨우 그를 옮길 수 있었다. 마부는 터무니없는 가격을 불렀지만, 솔은 바로 돈을 주고 보내버렸다.

솔은 그를 자신의 침대에 눕히고 물을 조금 마시게

했다. 너무 지나치게 많이 주면, 삼키지 못했으므로 천천히 여러 번에 나누어서 주어야 했다. 그의 셔츠를 벗기자, 사태의 심각성을 알게 되었다. 솔은 눈물을 뚝뚝 흘려가며 더러운 붕대로 그를 감쌌다. 미숙한 손길이었다.

"데인… 데인 린치."

간호 말고 할 수 있는 일은 기도밖에 없었다. 인느 목사의 낡은 성경책을 펼쳐두고, 그의 옆에서 계속 중얼거렸다. 음식도 최대한 큰 덩어리가 없는 묽은 수프로 천천히 먹여주었다. 눈에서는 어느새 다시 눈물이 흐르고 있었다. 누군가를 잃는다는 것. 마음에 다가와서 문을 두드리고, 안에서 나가지 못하게 자신을 가둔 뒤 열쇠로 잠가버린 사람. 그것이 마음이 아프다는 말이 있는 이유 아닐까. 마음 안에 있는 사람이 죽어가면, 정작 마음을 가진 사람이 할 수 있는 일은 없다. 그저 죽어가는 그 사람의 한순간 한순간을 지켜봐야 하는 것이다. 그 사람은 마음에 자국을 남긴다. 영원히 무슨 수를 써도 지울 수 없는 자국이다.

무의 공간이었다.

그리고 변하다가 하얀 기차역 형태가 되었다. 기차역이었지만, 기차는 단 한 대도 없었다. 철도도, 사람들도 아무도 없었다. 모든 게 하얀 공간이었다. 땅이 천천히 움직이며 바닥에서 한 소년이 나타났다. 누군가 흰 캔버스 안에 빨간 장미를 그려 넣은 것 같았다. 장미 같은 소년은 서서히 몸을 움직이며 일어났다. 한쪽 눈은 파랗고, 한쪽 눈은 푸르렀다. 데인 린치는 색을 만드는 사람이었다.

데인은 두리번거렸다. 하얀 옷 한 벌에 맨발이었다. 바닥은 구름같이 가볍고 따뜻했다. 공기는 반대로 차가웠다. 그는 천천히 돌아다니며 도움을 청하려 했다. 그러나 아무리 둘러봐도 사람은 나오지 않았다. 걷다가 웬 생뚱맞은 검은 종이 한 장을 발견했다.

그 사람 머리 색인데.

데인은 그제야 자신의 과거가 생각났다.

감옥 속에서 정신을 잃지 않기 위해 노력했다. 잠결에 무심코 무언가를 뱉을까 봐 깊게 잠을 자지도 않았다. 그 무엇도 말하지 않았다. 그들은 곧 데인을 죽이려 했다.

죽은 거구나.

씁쓸한 미소가 입가에 번졌다. 자신의 신념을 이루지 못해서 속상한 게 아니었다. 동생들을 만나지 못해서도 아니었다. 1년간 자신의 삶에 스며든 사람이 생각나서였다.

처음에는 단순 호기심으로 쫓았다. 그다음에는 정치인과 같이 산다는 말에 가까이했다. 그러다가 걷잡을 수 없게 되었다.

이상한 사람. 고양이 같이 오만한 무표정을 지닌 사람. 무뚝뚝한 사람. 누구를 위로할 줄도 모르고, 공감도 잘 못해서 삐걱거리는 사람. 말솜씨도 없고, 말수도 적은 사람.

이상한 사람. 자신밖에 모르지만 남을 챙기는 사람. 웃을 때는 눈꼬리가 내려가며 누구보다 순진무구하고 밝은 미소를 짓는 사람. 자신의 과거는 부끄러워하며 자책하지만 남의 과거는 안아주는 사람. 남에게는 한없이 관대한 사람. 미래를 그리는 사람.

자신이 단 한 순간도 잊지 않았던 사람.

내가 처음으로 가지게 된, 소중한 사람.

"이텔 솔."

데인의 낮은 목소리가 공간을 울렸다. 오랜만에 소리를 내보았다. 당신의 이름을 오랜만에 발음해 보았다. 종이는 이내 작은 동양인 소녀로 바뀌었다. 키는 백오십 정도에 긴 검은 곱슬머리. 매일 쓰고 다니는 올리브색 망토. 고양이 같은 눈, 그리고 왼쪽 검은 눈 아래에 작은 점.

"데인 린치, 집으로 안 올 거야?"

데인은 손을 뻗었다. 손이 떨렸다. 당신이었다. 솔의 볼을 조심스럽게 쓰다듬으려 했다. 깨질까 봐 두려웠다. 오른손이 떨렸다.

따뜻했다.

오른쪽 푸른 눈에서 눈물이 한 방울 뺨을 타고 내려갔다. 고개를 낮춰 솔의 눈높이에 맞췄다. 솔은 하얀 공간 속에서 빛을 내며 웃고 있었다. 화사하고, 순진무구한 웃음이었다.

허구의 꿈인 것을 알았다. 한순간에 사라져 버릴까 봐 두려웠다. 마지막으로 남은 잎새 같았다. 하지만, 이 순간을 놓치고 싶지 않았다.

손을 뒤 그녀의 목뒤로 가져가며 이마를 대었다. 눈을 감으며 싱긋 웃음을 지었다. 으스러질 것같이 그녀를 끌어안았다. 솔은 갓 구운 빵같이 따뜻했다. 작은 강아지같이 작고 연약했다. 아침 햇살처럼 밝았다. 데인이 사랑하는 모든 것을 담은 사람이었다.

이 감정이 무얼까 정의할 수 없었다. 불완전하면서도 안은 가득 찬 느낌이었다. 형용할 수 없는 아름다움이었다.

솔이 천천히 품 안에서 사라져갔다. 데인은 솔을 더 세게 끌어안았다. 결국 남은 건 검은 종이 하나였다. 종이를 안고 주저앉았다. 겁에 질려 흐느꼈다. 삶에 찬란한 빛으로 다가와서 소중한 사람이 되어 사라졌다. 그 무엇보다도 잔인했다.

당신을 한 번만 더 보고 싶었다. 한 번만 더 당신에게 웃어주고 싶었다. 정말 단 한 번만. 단 한 번의 순간이면 충분할 것 같았다.

"이텔 솔…."

하얀 공간이 데인을 감쌌다. 데인은 검은 종이를 놓지 않고 꼭 끌어안았다. 하얀 덩어리는 점차 작아지더니 눈이 되었다. 하늘 저 높이 어딘가에서 천천히 떨어지고 있었다. 눈 사이에, 천천히.

"소… 솔."

작지만 따뜻한 목소리가 들려왔다. 데인 린치의 목소리였다. 솔은 홀로 크리스마스에 쿠키와 파이를 구워서 한 조각씩 먹고 있었다. 창백한 공기에 누군가 숨결을 불어 넣어 준 기분이었다.

솔은 뒤를 돌아보았다. 그는 눈을 뜬 채로 그녀를 보고 있었다. 이때, 안대를 차지 않은 데인의 두 눈을 처음 보았다. 하나는 초록색, 하나는 파란색이었다. 아름다웠다.

"나…, 물…."

솔은 황급히 물을 컵에 담아서 그의 입에 축여주었다. 10분간 말이 없다가 다시 그가 눈을 떴다. 그의 눈동자는 솔을 향해 있었다. 그는 몇 분 동안 손가락을 꼼지락거렸다. 그리고 팔을 천천히 들어 올렸다. 그리고 솔의 뺨을 쓰다듬었다. 그다음은 다른 팔이었다. 고개를 가우뚱거렸다. 눈을 깜박거리고 움직였다. 미소를 지었다.

솔은 그의 움직임을 가만히 지켜보았다. 몇 분, 몇 시간이 흘렀는지 알아차리지 못했다. 그가 움직인다는 것이 경이로웠다. 그 이상은 고려할 필요가 없었다.

데인은 마지막으로 몸을 일으켜 세웠다. 못 본 사이에 시야는 솔보다 훨씬 위에 있었다. 그는 위에서 천천히 미소 지으며 말했다.

"집으로 돌아왔네."

집이라는 단어가 솔의 귓가를 울렸다. 그가 돌아온 게 아니라, 집이 솔에게로 걸어온 것 같았다. 솔은 그가 환자였다는 것도 잊고 그를 끌어안았다. 살아 있는, 역동적인 심장 소리가 느껴졌다.

그는 따뜻했다.

살아 있었다.

데인은 멍든 팔로 솔의 머리를 감싸서 품 안에 넣었다. 그곳에서 보았던 그대로였다. 곱슬머리가 얼굴을 간지럽혔다. 솔은 생각보다 더 작고, 따스했다. 품속에서 미세한 숨소리가 느껴졌다. 자꾸만 꿈틀거리며, 낯간지럽기도 한 숨결이었다.

얼마나 지났을까. 솔이 먼저 천천히 고개를 들었다. 데인이 환하게 미소로 답해주었다. 밝았다. 파란 바다와, 푸른 숲이 한 사람의 눈에 담겨 있었다. 숨이 멎은 줄 알았다. 솔은 믿기지 않아서 손으로 데인의 뺨을 쓰다듬었다. 그러다가 차가운 코에 엄지손가락이 닿았다. 데인은 불쑥 솔과 이마를 맞추며 손을 목덜미로 가져갔다. 소년의 긴 속눈썹이 얼굴을 간지럽혔다. 솔과 데인은 동시에 장난스러운 웃음을 터트렸다.

"고마워. 이거를 어떻게 갚지."

"다신 감옥 가서 이렇게 안 다쳐 오겠다고 맹세해."

"맹세할게."

"너 때문에 내가 죽는 줄 알았어."

"미안해…. 전부 내 탓이야."

데인은 배고프다는 시늉을 했고, 둘은 식탁으로 향했다. 데인과 솔은 식사를 함께했다. 데인은 솔이 구운 과자를 놀렸다. 그러나 솔이 남긴 것까지 과자를 몽땅 다 먹어버렸다. 반죽에 물 조절에 실패해서 퍽퍽한 과자였다. 솔은 걱정스러운 표정으로 데인의 입 주위에 묻은 쿠키 가루를 떼주었다. 데인은 파이도 한 조각 정도 먹었지만, 오히려 솔에게 얼른 남은 것을 다 먹으라고 손짓했다. 그는 솔이 식사를 끝낼 동안, 옆에서 솔을 뚫어져라 지켜보았다. 솔은 그 시선을 차마 마주할 용기가 나지 않아서 고개를 아래로 숙이고 있었다. 데인은 솔의 붉어진 귀를 보고 싱긋 웃었다. 잠깐씩 먹여주겠다고 투정을 부리기도 했다. 둘은 술을 서로의 잔에 따르며 못다 한 이야기를 펼쳤다.

"너 언제부터 가 있던 거야?"

"11월 중반부터 쭉 거기에 있었어. 가뜩이나 시위가 많아서 경찰들 날 서 있는 거 알았는데, 무모한 내 잘못이었지."

"그래, 바보같이."

둘은 그러다가 눈을 마주치고 웃음을 터트렸다. 데인은 자신의 잔을 비우며 말했다.

"나 교도소에서 키 엄청 컸다."

"그래 보여, 이 바보야."

"나 너보다 이제 두 뼘은 더 커. 웬만한 아저씨들보다 커."

솔은 의자에 올라가서 자기가 더 크다고 우겼다. 데인은 위험하다며 그녀를 안아서 내려주었다.

"진짜 위험한 건 너였어."

"그래, 나 좀 조심해야겠어. 나, 그래도 절대 그 사람들이 묻는 거 답 안 했어."

데인은 자랑스럽다는 표정이었다. 솔은 차라리 말하고 그가 먼저 나왔으면 했다. 그렇다면 이렇게까지 죽을 고비를 넘기지도 않았을 것 같은데. 하지만 그의 머리를 쓰다듬으며 말했다.

"잘했어. 난 보고 싶었는데."

무심코 튀어나온 말이었다. 솔의 눈이 조금 커지며 귀가 붉어졌다. 잔에 있던 술을 빠르게 비웠다. 그리고 잔으로 얼굴을 가리려 했다. 그러나 데인은 눈을 반짝이며 솔의 잔을 가져가 버렸다. 데인은 붉어진 솔의 얼굴을 보았다.

그는 진지하게 목소리를 낮추고 물었다.

"나 보고 싶었어?"

솔은 그의 눈을 쫓으며 고민하다가 말했다.

"응."

"나도인데."

데인과 솔 사이에는 묘한 긴장감이 오갔다. 솔은 괜히 더 붉어지는 얼굴에 창문을 조금 열었다. 차가운 겨울바람 소리와 경쾌한 트럼펫 소리가 동시에 들렸다. 밖을 내려다보니, 젊은 길거리 예술가 둘이서 악기를 연주하고 있었다. 낮고 느린 곡조였다. 찬 바람에도 심장이 멈추지 않았다. 너무 빨리 뛰어서 심장 소리가 들릴까 봐 걱정이었다.

"더 배… 고프지 않아? 금방 더 뭐 만들 수 있는데."

솔이 괜히 창밖을 바라보며 말했다. 발끝을 세웠다 말았다, 뒷짐을 풀었다가 놓았다 하는 등 몸을 가만있지를 못했다. 어딘가 초조한 기분이었다.

"아니, 나는 지금 춤을 추고 싶은데."

씩 웃는 데인의 목소리가 들렸다. 솔은 뒤를 돌아보았다. 데인은 턱을 괴고 지그시 솔을 바라보고 있었다.

"같이 출래?"

데인이 일어나서 손을 내밀며 말했다.

"근데 조명이 좀 필요할 것 같네."

솔이 작게 말했다. 랜턴을 끄고, 예전에 릴리가 가져다 둔 장미 향의 양초에 불을 붙였다. 붉은 불빛이 물결치듯 벽에 스며들었다.

데인은 그사이 구겨진 셔츠를 걸쳤다. 흰색 천 위로 수많은 상처 자국이 보였다. 솔도 고민하다가 카키색 망토를 벗었다. 실내용 흰 드레스라 누군가의 앞에서 입고 있기에 어색하게 느껴졌다. 무릎까지 오는 길이에, 어깨가 조금 드러나는 드레스였다. 데인은 잠깐 숨을 멈춘 채 그 모습을 바라보았다.

모든 행동이 낯설었다. 팔 하나, 다리 하나를 움직이는 것도 조심스러웠다. 어두컴컴한 방 안에서, 희미한 양초의 빛 사이로 둘은 엉성하게 마주 섰다.

데인이 웃으며 손을 내밀었다. 솔은 두 손을 잡았다. 데인은 두 손을 솔의 허리로 가져갔다.

둘 다 이런 종류의 춤은 처음 춰보았기에 서툴렀다. 세상에서 가장 서툴렀지만, 세상에서 가장 아름다웠다. 흰옷을 입은 두 천사 같았다. 화려한 옷으로 치장하고 춤을 추는 귀족들과는 다른 아름다움이었다.

좁은 공간이었기에 둘은 많이 움직일 수가 없었다. 데인은 뒤에서 솔을 안으며, 천천히 팔을 쓸었다. 따뜻한 촉감 하나에 온몸의 세포가 반응하는 느낌이었다. 솔의 숨소리가 빨라졌다. 데인의 손을 잡았다.

창문 틈새로 바람이 스쳤다.

촛불이 꺼졌다.

암흑.

숨소리가 커졌다. 심장 소리가 귓속에서 터지는 듯했다.

눈은 보이지 않는데, 오히려 그게 더 그와 가깝게 느껴지게 했다.

손끝의 떨림, 눈빛의 온기, 심장의 고동이 그대로 전해졌다.

둘 사이의 공기가 찢어질 듯 팽팽해졌다.

솔이 조심스럽게 고개를 들었다. 숨소리가 느껴졌다. 바로 옆에 그가 있었다.

무언가를 더 하기도 전에 솔의 몸이 휘청 흔들렸다. 입술에 무언가 따뜻한 것이 닿았다.

바람은 차가웠고, 소년의 뺨은 뜨거웠고, 이마에 빨간 머리카락이 부드럽게 닿았다. 그렇게 얼마 동안 그대로 있었다.

두 사람의 숨소리 사이에 창문 위에서는 작은 겨우살이가 피고 있었다.

라일락은 당황스러운 표정이었다. 인느 목사는 한쪽 눈썹을 치켜세울 뿐, 딱히 별 반응을 보이지 않았다.

"죄송해요. 약혼을 파기해야 할 것 같네요."

리더스는 조용히 말했다.

라일락의 손이 떨렸다. 끝내 인느 목사가 성경 덮는 소리가 울려 퍼졌다.

12.

가난한 자들을 위한 낙원

리더스는 1841년 4월, 런던행 기차에 몸을 실었다. 사우스윅 교회에 계속 있기에는 라일락을 마주하기가 힘들었다. 하숙집으로 돌아가기에는 솔을 볼 용기는 나지 않았다. 따라서 크리스마스 이후, 리더스는 5개월 동안 에플로레스 가문 내에서 지냈다. 오히려 그편이 나았다. 총선이 다가오고 있었고, 점점 릴리와 상의해야 할 것이 늘어갔다. 또한 에플로레스 가문에는 겨울임에도 불구하고 손님이 많았으므로, 인맥을 쌓기에도 적절했다.

리더스는 또 끝없이 이어질 파티와 클럽에 한숨을 내쉬었다. 공부보다 훨씬 어려운 것들이었다. 객실 문 밖으로 보이는 노란 머리 아가씨를 보았다. 릴리는 정말 특이한 사람이었다. 보통 영애 같았으면 누구든 결혼에 목숨 걸었을 것이다. 그러나 릴리는 그 밖을 보았다. 모든 사람의 머리 위에서 놀았다. 리더스는 가끔 릴리를 보며 생각했다. 머리가 몸 주인에 비해 과분하게 태어난 경우, 비극적인 운명이었다. 만약 그가 남자였다면 리더스를 이용할 필요 없이 상원이 되었을 거다.

"리더스 이오니안, 오랜만에 런던 갈 준비는 되었어?"

"당연하죠."

릴리 에플로레스가 길게 머리를 땋고 나타났다. 그녀는 밝은 분홍색 드레스를 입고 있었다.

"요번에는 데뷔탕트도 없고, 내 혼처는 이미 정해졌고, 따라서 너한테 집중할 수 있어. 지금 솔직히 토리당이 너무 우세해 총선에서 이기는 것은 불가능해. 우리는 그 지역만 파야 해. 적어도 넌, 이겨야 해."

"돌아가면 클럽이나 파티에서 할 연설문만 20장은 적어놓았어요. 전 이길 수 있어요."

"작년까지 넌 런던에서 떠오르는 정치계의 별이었어. 이제는 제일가는 신랑감이 되어야 해. 오직 말발과 에플로레스 가문 이 두 사실만으로. 그래야 네가 표를 확보할 수 있어. 우리 쪽에서 돈을 쓰긴 할 건데, 제한적이야."

"최대한 6월 총선 전까지 열심히 돌아다닐게요."

"좋았어, 역시 내가 사람 보는 안목은 확실해."

릴리는 돌아가려다가 아, 하며 돌아섰다.

"인느 목사에게 어제쯤 들었어. 라일락 인느와 약혼을 파기했다며?"

"크리스마스 날 말한 건데, 이제서야 그 소식을 전하다니. 인느 목사는 지나치게 배려심 넘치네요."

"뭐라고는 안 할게. 오히려 잘되었어. 다른 영애들이 너 때문에 애가 타게 해야 해. 제임스 인느가 사라진 건 조금 타격이 있을 것 같긴 하지만… 그 알코올중독자, 어차피 1, 2년 안에 사교계에서 사라질 것 같아. 그래, 오히려 잘되었어."

리더스와 라일락 인느가 약혼한 이유는 개인적 감정 때문이 아니었다.

라일락의 도망친 아빠, 제임스 인느는 동생과 교회를 버리고 런던으로 와서 사업을 시작했다. 사업은 크게 흥했고, 제임스 인느는 완벽하게 런던에 자리했다. 릴리가 그것을 힘들게 알아내어 제임스 인느와 리더스를 연결해 준 것이었다. 제임스 인느는 자신과 고향이 같은 리더스에게 호감을 가졌고, 다음 선거 때 그에게 투자할 것을 약속했다. 딸에 대한 죄책감은 깊게 지니고 있었으므로, 릴리는 그것을 이용했다. 라일락을 꾀어서 아버지에게 리더스와 결혼하고 싶다고 말하게 했고, 결국 미래에 대한 투자까지 받아낸 것이었다.

"그런…가요."

연설문을 조금 구기며 답했다. 솔의 말을 듣고 처음으로 약혼에 대한 죄책감이 생겼다. 라일락 인느는 자신을 사랑했고, 완벽한 아내가 될 준비가 되어 있었다. 하지만 리더스 이오니안은 아니었다.

"솔 편지도 받았고 말이야."

"그 애는 잘 지내나요?"

"런던에서 잘 지내."

"하숙집에 혼자라 괜찮을지 모르겠네…."

"혼자 아니던데. 그리고 내가 작은 선물을 줘서."

릴리는 그 말과 함께 바로 사라졌다. 리더스는 고개를 갸웃거리다가, 연설문을 다시 수정하기 위해 만년필을 찾으러 가방을 뒤졌다. 런던까지 아직 2시간 정도 남았다.

안 좋은 뜻으로, 총선까지 너무나도 매끄러웠다. 토리당 지도층은 어디를 가던 과한 환영을 받았다. 휘그당인 리더스의 연설문은 스무 개 중 겨우 두 개만 박수를 받았다. 리더스는 매일 밤 불안에 휩싸였다. 릴리는 그럴 때마다 시야를 넓게 가지라 조언했다. 그러나 리더스는 그럴 수 없었다. 몇 년 간의 노력이 한순간에 물거품이 되는 것 같아 맘이 공허했기 때문이다.

그래도 좋은 일도 많았다. 기자들은 계속해서 리더스가 얼마나 멋진 신랑감인지 떠들어 대었다. 리더스가 영애들을 찾아가면 격한 환영을 받았다. 자연스럽게 가문의 주인들과도 대화할 시간을 가질 수 있었다. 무도회에서 리더스의 춤 신청 목록은 가득 찰 정도였다.

7월까지 노심초사 3개월을 보낸 결과, 결국 그는 선거에서 승리하고 말았다. 그러나 휘그당은 몇십 년 만에 완전한 패배를 겪었다. 클럽에는 조용하게 우울한 분위기가 떠돌았다. 릴리와는 에플로레스 가문의 발코니에서 샴페인을 뜯었다. 하원에 진출하게 될 수 있게 되었다.

"일주일 뒤에, 너의 첫 연설이 있을 거야. 나도 아버지랑 몇 의원들 설득하느라 고생 좀 꽤 했어. 죽었다

깨어나도 휘그당의 젊은 청년 연설을 들으려 하지 않더군. 넌, 그날 네가 하고 싶었던 말을 하면 돼. 그건 간섭 안 할게."

"네?"

릴리는 리더스의 사소한 행동들을 모두 하나하나 정해주었다. 연설문 수정만 열 번 이상 진행하며 단어 하나하나에 심혈을 기울이는 사람이다. 리더스는 아직도 허가와 허락의 차이에 대해서 릴리와 말다툼했던 것을 기억했다. 이런 적은 처음이었다.

"어차피, 내 계획은 10년 뒤부터가 시작이야. 그리고, 내가 선거 나갔니? 네가 나갔지."

"아…. 감사합니다."

리더스는 꾸벅 고개를 숙였다. 릴리는 장난스레 리더스를 치며 말했다.

"축하해 이오니안, 거리 소년이 정치인이 되었네."

"저도 6년 안에 해내다니 감회가 새로워요."

"우리 저택에는 언제까지 머물 거야? 아버지랑 가족들은 적어도 8월 초에는 포츠머스로 떠날 것 같아."

"저는… 제 집으로 돌아가야죠."

리더스가 씁쓸한 웃음을 지으며 말했다.

"블룸즈버리의 작은 하숙집으로."

릴리는 샴페인을 마시며 밤하늘을 바라보았다.

다음 날, 연설문을 쓰는 과정은 쉽지 않았다. 대학에서 배운 것들은 정말 단 하나도 도움이 되지 않았다. 스스로의 진심을 말하기 위한 교육이 아니라 정해진 것들을 말하기 위한 교육이었다. 하고 싶은 말을 조금이라도 드러내면 연설문은 유치해졌다. 릴리의 도움을 받고 싶었지만, 릴리는 누이들의 신랑감 분석에 힘을 쓰고 있었다. 사교 시즌 막바지라, 남자들도 여자들도 급해졌기 때문이다.

남은 시간은 6일이었다. 리더스는 남은 기간 동안 방 밖으로 나오지 않았다. 밥도 하루에 한 끼만 먹으며 연설문을 수정해 갔다. 진심을 담으려면 극한의 상황까지 가보아야 한다. 리더스는 그 5분을 위해 자신의 모든 것을 토해냈다. 자신이 옳다는 것을 그들이 믿게 하고, 토리당이 조금이나마 정책에 반영시켜 줄 수 있도록. 휘그당 당원들이 희망을 잃지 않기를.

릴리가 준 소중한 기회를 버릴 수는 없다. 첫 연설이었고, 그에게 주어진 시간은 단 5분이었다.

"리더스, 아직도 수정하고 있어?"

의사당으로 가기 위해 마차를 기다리고 있었다. 그는 머쓱하게 웃으며 말했다.

"너무 떨려서 말이죠."

릴리는 잠시 무표정으로 그를 바라보다가 말했다.

"리더스 이오니안, 오늘이 너한테 전환점이 되었으면 좋겠다."

"전환점이겠죠! 얼마나 특별한 날인데."

"다른 의미의 전환점이 될 수도 있고. 우선 잘 다녀와."

릴리는 의미심장한 말을 남긴 채, 리더스를 배웅해 주었다.

국회 의사당까지 가는 길은 험했다. 그리고 그 웅장한 웨스트민스터 궁전이 몸을 드러냈다. 1834년, 의사당 대화재 때문에 건물은 아직 재건축 도중이었다. 리더스가 런던에 와서 본 것은 책 속의 웅장한 궁전이 아닌 화재로 타고 남은 연약한 자제들이었다. 첫날, 리더스는 웨스트민스터 궁전이 다시 원래의 지위를 되찾을 때까지, 의원으로서 런던에 남아 있겠다고 결심했다. 화려한 웨스트민스터 홀 옆에 임시 건물이 있었다. 크고 아름답지는 않았다. 오히려 투박하고 작았다. 마치 지금의 리더스 이오니안 같았다.

"이오니안 씨."

흰 가발을 쓴 하인들이 임시 하원 앞에 서 있었다. 그들은 고개를 숙였다. 리더스는 넥타이를 매만지며 하원으로 들어갔다. 목조로 된 단순한 직사각형 홀이었다. 좌석은 벤치 형태로 길게 놓여 있었다. 벽은 회색 석고에 장식이 거의 없었다. 공기는 묵직했다. 리더스는 중앙 통로로 터벅터벅 들어갔다.

"이오니안! 우리 휘그당의 떠오르는 별 아닌가. 선거 결과는 잘 들었네."

리더스와 비슷한 시기에 런던 대학을 졸업해, 압도적인 표로 승리한 푸실리였다. 하원 대부분은 토리당이었으므로, 푸실리가 있단 사실이 큰 위안이 되었다.

"푸실리, 자네야말로 진정한 승자 아닌가."

"하하, 나는 솔직히 가족 도움이 컸지. 오늘, 연설은 준비 잘했고?"

"열심히 준비했다네."

"자네가 무얼 하든 좋아할 거야. 열심히 하게."

둘은 옆에서 연설문을 정리했다. 푸실리가 방청석 쪽을 가리키며 그에게 속삭였다.

"세상에, 블랙우드 경 아닌가. 저 옆에는 애버크롬비

경이네. 맙소사 저분들이 왜 저기에 있는가."

귀족들이었다. 둘은 오만한 표정으로 지팡이를 잡고 멀찍이 앉아 있었다. 상원들이 방청석에 오는 경우는 극히 드물었다. 의원들 사이에서도 작은 웅성거림이 돌았다.

"저들이 왜 저기에…."

"쉿. 블랙우드 경이 자네를 보고 있어."

리더스는 바로 블랙우드 경을 보았다. 블랙우드 경은 리더스를 보더니 고개를 까닥했다. 그리고 가까이 오란 듯 손짓했다. 그는 발을 헛디딜 뻔하며 그에게 다가갔다.

"리더스 이오니안, 에플로레스 경이 권유하기에 와 보았네. 자네가 그리 우수한 인재라며."

"과찬입니다."

블랙우드 씨는 리더스의 어깨를 쳐주고, 자리로 돌아가게 했다. 리더스는 얼떨떨한 기분이었다. 아무도 없는 바다에 혼자 누워서 떠다니는 느낌이었다.

시계가 딱 2시를 가리키자, 의장은 제일 높은 자리에서 망치를 쳤다. 모든 사람이 일제히 입을 다물었고, 하원은 고요로 가득 찼다.

"정숙. 하원의 회의를 시작하겠습니다."

그 순간 리더스의 심장이 한 박자 빨리 뛰었다. 그의 손끝은 벤치의 나뭇결을 움켜쥔 채, 눈앞의 공기가 유난히 무겁게 느껴졌다. 머리 위 방청석에서, 귀족들의 낮은 웃음소리가 새어 나왔다. 초록 벤치 아래와 붉은 갤러리 위가 섞이지 못한 채, 얇은 공기만이 두 계급을 가르고 있었다.

첫 번째 발언권을 얻은 사람은 푸슬리였다. 그는 조금 절긴 했지만, 유머로 잘 살려내어 사람들의 박수를 얻었다. 토리당 사람들도 점잖게 작은 박수 소리를 날렸다.

그 후로 연설이 계속되었다. 리더스는 긴장 속에서 이성을 유지하기 어려웠다. 그의 순서는 마지막이었다.

"이오니안 씨, 발언권 드리겠습니다."

리더스는 모두의 주목을 받으며 일어섰다. 떨렸다. 심장이 몸 밖으로 튀어나올 듯이 뛰었다.

"먼저, 저를 신임해 주신 브라이튼의 주민들께 깊은 감사의 마음을 전합니다. 그들의 지지 없이는 이 자리에 설 수 없었을 것입니다. 저는 이상을 좇아 허공을 바라보는 자가 아닙니다. 저는 현실을 직시하고, 그 현실 속에서 더 나은 길을 찾으려는 사람입니다. 이곳에 계신 의원 여러분과 마찬가지로, 저 또한 우리나라의 번영을 바랍니다."

하원들은 그의 말솜씨에 감탄한 모양새였다. 리더스의 억양과 말소리, 빠르기는 또래에 비해 뛰어났다. 연설문은 이제 볼 필요가 없었다. 단어 하나하나를 고심한, 모든 것이 계획된 연설이었다.

"저는 이 자리에서 제 길을 밝히고 싶습니다. 우리는 여기서 법을 만듭니다. 하지만 여러분은 그 법이 누구의 피 위에 세워지는지 아십니까? 우리는 깨끗한 연회복을 입고, 머리에 분을 바르고 춤을 춥니다. 그러나 거리 아이들의 머리카락에는 이가 들끓습니다. 그들이 가진 건 단 한 장의 담요도 없이, 추위에 떠는 밤뿐입니다. 저희는 굶주리는 또 다른 세상을 보아야 합니다. 그들이 원하는 것은 부와 명예가 아닌, 그저 사람답게 살 수 있는 권리입니다. 그들이 원하는 것은 빵 한 조각, 석탄 한 조각입니다. 우리는 그들을 도와야 합니다."

하원들의 표정이 이상했다. 토리당 쪽은 야유를 날렸다. 몇 없는 휘그당 쪽은 겨우 평정심을 찾고 있는 것 같았다.

푸실리는 리더스를 보면서 고개를 저었다.

그만 말해.

그가 입 모양으로 말했다.

리더스는 하원들을 보았다. 이상하게도 저들의 비위를 맞추려고 그토록 고생했던 연설문이 부질없이 느껴졌다. 저들은 진실을 모른다. 매일 파티에 참석하며 어떻게 해야 코가 높아 보이고 머리가 화려할지 고민하는 자들이었다. 저들이 대체 무엇을 알까.

저들은 자유가 무엇인지, 정의가 무엇인지 모른다. 하루 종일 책만 보고 서재에 앉아 있으면 얻어가는 게 무엇일까. 그들이 빈민가에 가까이 가본 적은 있을까? 모든 게 돈으로 굴러간다고 믿는 저들은 어리석다. 적어도 리더스는 지금 그렇게 믿었다.

마지막 말은 해야 했다.

누군가 한 명은 진실을 말해야 했다. 그렇다면 그자는 자신이어야 했다.

"여러분, 우리에겐 벽돌보다 귀한 인간의 숨결이 있습니다. 전 가난한 자들을 위한 낙원에 힘쓸 것입니다."

리더스는 숨을 고르고, 눈을 감았다.

마지막 한마디를 토해냈다.

"참된 자유와 정의만… 살아 숨 쉬도록 우리 모두 도와야 합니다."

하원은 쥐 죽은 듯 싸늘했다. 리더스는 주위를 둘러보았다. 박수도, 야유도 그 무엇도 없었다.

"풋."

리더스는 고개를 들었다. 누군지도 모를 의원 한 명의 입가에서, 희미하게 비틀린 웃음이 새어 나왔다.

"하, 하하."

웃음은 바로 옆 벤치로 번졌다. 험난 바다를 가로지르는 물결 같았다.

"하하하하!"

두 사람, 세 사람, 열 사람…. 웃음소리가 연쇄적으로 터져 나왔다. 순간, 방청석의 귀족들도 동참했다. 블랙우드 씨가 지팡이를 톡톡 두드리며 무표정한 얼굴로 낮게 웃었다. 애버크롬비 씨는 혀를 차며 웃었다.

웃음은 규칙적이지 않았다. 멀리서 들으면 아름다운 풍경 같았지만, 가까이서 들으면 칼날이었다. 리더스의 귀에는 그 웃음이 이상하게 변했다. 단순한 웃음이 아니라 굶주린 아이의 울음소리와 겹친다. 왜 웃는 것인가. 틀린 말은 단 하나도 없었다.

리더스의 시야가 흔들렸다. 웃음소리는 이제 소리를 넘어 거대한 파도가 되었다. 파도는 리더스를 삼켰다. 리더스는 이제 바닷속에 있었다. 축축한 정장은 그의 족쇄였다. 리더스는 눈을 내리깔았다. 죄인이 된 것 마냥, 모든 사람 앞에서 조롱당하고 있었다. 사실과 옳은 것을 말한 게 죄였다면, 나는 기필코 죄인이 되리라. 리더스의 마음은 확고했지만, 눈이 떨리는 것만큼은 막을 수 없었다. 그가 평생을 꿈꿔오던 그 5분이 무너져 내렸다. 조각조각 나서 다시 이어 붙일 수 없을 정도로. 누군가 가위로 그의 꿈이 담긴 마음을 자른 기분이었다.

"우드 씨, 발언권 드리겠습니다."

"거지들을 위해 기도하자고? 하하하! 이게 하원인가, 자선 모금회인가!"

야유가 섞인 웃음이 몰아쳤다. 휘그당 의원들조차 시선을 피했다. 푸실리는 손으로 얼굴을 가지고 고개를 저었다.

그는 의회 속 광대였다.

그 어떤 시선도 자신을 보지 않았다. 아무도 그가 한 말을 듣지 않았다.

그들은 웃었다.

꿈은 잔인하게 차가웠다. 그가 감당해야 할 꿈의 무게였다. 무언의 힘에 등 뒤가 굳으며 고개가 숙여졌다. 그 꿈이라는 것은 참으로도 지독했다. 간절한 사람에게는 더 매달리게 하며, 놓칠 수 없게 했다. 머릿속에서는 그것을 이룰 수 없다는 걸 알지만, 차마 놓지 못했다. 그게 나의 전부였으니까. 꿈이라는 것의 무게는 참으로도 무거워서 몸에 지울 수 없는 지독한 상처를 남겼다. 다시는 고개를 들 수 없을 정도로.

"여보시오, 이오니안 씨."

남자는 그의 위에서 손가락을 까닥거리며 말했다.

"거지들은, 그러라고 태어난 자들이오. 낙원이, 뭐 아무렇게나 지어집니까? 가난한 자와 낙원이란 단어는 함께할 수 없지. 가난한 자들을 위한 낙원이라니, 뭔 삐딱한 사고방식이야. 위험한 자구만."

리더스가 고개를 들려고 하자 의장은 망치를 내리쳤다.

"회의는 이만 마치겠습니다. 여러분 수고 하셨습니다."

"당신… 알고 있었죠."

릴리는 리더스를 따로 온실로 불렀다. 리더스는 몸을 떨고 있었다. 어미를 잃은 새끼처럼, 길을 잃은 여행자처럼, 포식자에게 쫓기는 피식자처럼. 그는 두려워했다. 그는 이미 조끼를 풀어 헤치고 셔츠만 입은 상태였다. 시종이나 하녀가 보았다면 바로 경악하면서 뛰쳐나갈 만한 옷차림이었다.

"내가 욕먹을 거… 다 알고 있었잖아."

"모르는 게 이상하지."

릴리 에플로레스는 테이블에 앉아서 차 한 잔을 건넸다. 리더스는 손가락을 꼼지락거리다가 주먹을 꽉 쥐었다. 손톱이 살결을 파고들었다. 그 위로 새파란 눈물이 뚝뚝 흘렀다.

"당신… 당신, 왜 날 안 말렸어요? 왜 내가 바보짓 하는 걸 두고 보았어요? 왜…. 내 첫 연설이 얼마나 중요한지 알잖아요. 당신이 고대해 오던 거예요. 우리의… 계획이 모두 망가졌어요…."

릴리는 아무 말 하지 않고 흰 꽃 한 송이를 꺾었다. 리더스는 이성을 잃고 소리쳤다.

"릴리 에플로레스. 당신은 대체 무엇을 생각하는 거예요? 내가 이런 상실감을…. 느껴야 하는 이유가 있나요?"

"리더스였으면 안 느껴도 돼."

릴리의 목소리는 맑았지만 싸늘했다.

"하지만 넌 하원 리더스 이오니안이야."

리더스는 숨이 막혀 말을 잇지 못했다. 눈물이 눈가에 맺혔다. 릴리는 리더스의 눈을 똑바로 바라보며 말했다.

"리더스 이오니안, 정신 차려. 너 내가 널 만난 첫날 한 말 잊어버렸어? 우린 길게 봐야 해. 네가 본 건 하원의 일부분이잖아. 돈 많은 바보들도 저렇게 심한데, 귀족들의 모습을 상상해 봐."

"그들이… 웃었어요."

리더스가 힘겹게 내뱉을 수 있는 말은 그 한마디뿐이었다.

"왜 웃는지도 모르겠어요. 그 웃음… 지독했어요."

릴리는 짧게 웃었다. 그 웃음에는 하원들의 것처럼 냉기가 가득했다.

"왜 웃었을까."

리더스도 릴리를 바라보았다.

"그들에겐 넌 광대 그 이상도 이하도 아니었거든."

"광대요?"

"가난한 자들을 위한 낙원이라…. 그들에겐 그건 연극이지. 불쌍하고, 비극적이고 참혹한 이야기. 자기들이 절대 그 아래 자들이 되지 않을 거라는 안도감."

리더스의 손에서 연설문이 떨어졌다. 그의 전부가 떨어져 나간 느낌이었다.

"리더스 이오니안, 울어도 돼. 그런데 너의 목표를 생각해. 너의 다음은 뭐였냐고."

"네, 저희 같은 사람들이 무시받지 않는 거요. 적어도 하층민들을 위한 세상 하나는 만들어 보고 싶었어요."

"그래, 너 목표만 생각해. 악착같이 버텨. 정치판에서 살아남을 유일한 방법은 그거야."

리더스는 대답하지 않았다. 지금까지 한 말은 릴리 에플로레스가 할 필요 없는 말이었다. 그녀는 체스판 위의 말을 움직이는 사람, 그 이상도 이하도 아니었다. 이 말들은 모두 오직 리더스의 개인적인 감정을 위해 한 것들이었다. 리더스는 손으로 가린 두 눈 틈으로 그녀를 보았다. 릴리에게서 무언가가 달라졌음을 알아차렸다.

그의 눈물은 두 사람 사이에 놓여 있는 캐모마일에 떨어졌다.

13.

매듭 짓기

솔은 다가오는 8월을 맞이했다. 런던 생활도 2년이 넘어갔으며 망토를 두르고 살아가는 법을 배웠다. 리더스가 떠난 후, 공허할 것만 같던 런던은 오히려 변함없이 한결같았다. 규칙적인 생활은 솔의 생활과 마음에 안정감을 주었다. 또한 릴리 에플로레스가 선물이라며 하숙집 윗집에 세를 대주었다. 솔은 적은 짐을 가지고 윗집으로 이사했다. 그리고 집을 공유하는 새로운 사람이 생겼다. 빨간 머리의 남자는 솔의 옆방을 썼다. 릴리는 데인에게 몇 가지 물어볼 게 있다며 그를 따로 불렀다. 그 후, 데인도 솔과 같은 집을 쓰게 되었다.

솔은 바쁘게 지냈다. 데인 린치의 권유로 소설을 쓰기 시작했기 때문이다. 그는 몇 번 솔의 공책을 보더니 그녀에게 글 쓰는 것을 권유했다. 처음에 솔은 웃어넘

졌지만, 데인은 멈추지 않았다. 결국 데인은 솔에게 생일날에 낡은 중고 타자기 선물해 주었다. 솔은 시간이 날 때마다 타자기를 두드렸다.

“이텔, 지금 나가?”

데인이 부스스한 머리로 침대에서 일어나며 말했다. 데인 또한 지나치게 바빠져서 하루 종일 클러큰웰과 블룸즈버리를 오갔다.

“응, 그레이브스한테 가봐야지.”

“그분은 좀 괜찮아?”

“아니, 나이가 있으시다 보니, 상태가 안 좋으셔.”

데인은 솔을 바라보더니 덧붙였다.

“그럼 그분의 장례를 봐드릴 분은 있고?”

“없어.”

그레이브스는 7월부터 심각한 두통을 호소했다. 그의 삐딱한 성격은 더 심해졌고, 투정도 부리기 시작했다. 그는 바람 소리에도 비명을 질렀다. 그레이브스가 이성을 잡고 있을 때면, 솔한테 말하곤 했다. 제발 자신을 떠나라고. 하지만 솔은 그를 떠날 수 없었다. 솔은 그가 잠에 들 때마다 그의 가족과 친구들의 이름을 하나하나 부르며 눈물을 흘린다는 것을 알고 있었다.

그의 마지막까지 함께해야 한다. 의무감과 동정심이 섞인 마음이었다.

상이군인인 그는 외로운 죽음을 준비하고 있었다.

"내가 장의사에게 관을 주문할게."

"고마워."

"사랑해, 이텔 솔."

데인은 성큼성큼 다가가서 그녀를 살짝 안았다가 놓았다. 솔은 얼굴을 붉히며 그를 밀쳐냈다.

"다녀올 거야."

"대답 안 해줘?"

데인은 뒤에서 팔짱을 끼며 살며시 미소를 지었다. 솔은 어이없다는 식으로 데인을 바라보다가, 이내 고개를 흔들며 그에게 다가갔다. 그리고 까치발을 세워서 그의 귀에 속삭였다. 데인은 만족스러운 웃음을 지으며 솔을 안아주었다.

"그레이브스, 저 왔어요."

그레이브스는 답이 없었다. 솔은 집안을 둘러보았다. 그는 그가 그토록 좋아하던 버건디 소파에 잠들어 있었다.

코 밑에 손을 가져갔다.

그 무엇도 느껴지지 않았다.

흉측한 왼쪽 얼굴의 입꼬리는 조금 올라가 있었다. 그의 몸은 더럽혀졌을지라도, 그의 영혼만은 깨끗했다. 솔은 그레이브스의 모습을 보고 놀라지 않는 유일한 사람이었다.

솔은 눈물을 흘리지 않았다. 그저 손을 모으고, 인느의 성경책을 펼쳤다.

상이군인의 고독한 죽음을 추모했다. 국가에도 버림받고, 가족에게도 버림받고, 친구에게도 버림받은 그가 부디 위에서는 행복하길 소망한다. 당신은 착한 사람이었다. 누구도 당신의 진심을 볼 만큼 인내심이 없었을 뿐. 당신의 진심을 볼만한 가치 있는 자들이 없었을 뿐. 그건 당신의 문제가 아니라 세상의 문제였다.

그레이브스의 옆에는 쪽지 하나가 놓여 있었다.

> 네가 집을 찾기를. 넌 집을 찾을 자격이 있다.
>
> 유일하게 마지막을 지킨 이델 솔에게.

아래에 작은 글씨로 빠르게 휘갈겨 무언가 적혀 있었다.

시체는 마음대로 해라.

흔들리는 필체로, 여러 번 덧쓰여 있었다.

나의 집

솔은 그 말이 무엇인지 고민했다. 그레이브스에게 제대로 집에 대해서 말한 적이 있던가. 그레이브스는 집을 지었던가. 여기는 그의 집이었다. 솔을 고용한 것은 집을 지키기 위한 상이군인의 마지막 몸버둥 이었을 거다. 그레이브스는 누구보다 집 짓는 법을 잘 알고 있었다. 그러나 그레이브스는 완벽한 집을 짓지 못했다. 전쟁 후유증이 그 모든 걸 망쳐두었다.

전쟁 영웅이었던 그는 고독했다. 나라는 그를 책임지지 않았다. 그는 자신을 책임지기에 버거웠다. 그래서 모난 성격이 된 것이다. 세상에 대해 반항하는 그 자신만의 방식이었다. 작은 가시를 세우는 가냘픈 꽃처럼. 그레이브스를 떠올렸다. 가엾지만 착했던 사람. 런던에서 숨 쉬는 법을 알려줘서 고마워요. 당신이 불어넣은 숨을 마음껏 내쉬며 살게요.

솔의 잔잔한 기도 소리만 허공을 울렸다.

오후쯤에는 반가운 사람이 하숙집에서 기다리고 있었다. 리더스 이오니안이었다. 솔은 그가 정치판에서 비판받았다는 기사를 보았다. 어떤 신문은 그를 '대담한 정치인'으로 평가하기도 했다. 그의 마음은 닳아 있었을 것이다. 솔은 신문을 보며 그를 걱정했다. 리더스에게 첫 연설이 어떤 의미를 지니는지 알고 있기 때문이다. 2년 동안의 비인간적인 생활의 결과물이라 그는 생각했을 것이다. 그가 얼마나 밑도 끝도 없이 무너졌을지 알고 있었다. 그러나 솔은 편지 한 통도 보낼 수 없었다. 그는 그것을 혼자 이겨내야 했다. 솔이 생각한 관계의 정답이었다.

리더스는 솔을 보며 미소 지었다. 솔도 미소로 답했다. 둘의 시선이 교차했다. 수많은 감정과 경험이 서로의 몸에 쌓였다. 둘이 경험한 세상은 달랐다.

둘은 다른 방식으로 어른이 되어 돌아왔다. 아이러니하게도 둘이 서로를 이해하기 위해서는 거리와 시간이 필요했었다. 자신만의 집이 옳다고 고집하던 둘은, 결국 자신만의 집을 알아냈다. 그리고 시간이 지나며 깨달을 수밖에 없었다. 틀린 것이 아닌, 다른 것이라고. 처음에는 인정하기가 어려웠지만 이제는 받아들일 수 있다. 이게 그들이 진정한 어른이 되었다는 증거였다. 솔은 그를 쓱 보았다. 그리고 포츠머스 빈민가에서의 리더스 이오니안을 떠올렸다. 아마 그도 비슷한 생각을 하고 있는 것 같았다. 어린 시절과 달라진, 소중한 가족. 둘은 이제 서로의 진정한 가족이 될 준비가 되어 있었다.

"이텔, 보고 싶었어."

"응, 나도."

"나 지금 정치판에서 엄청 욕먹고 있어."

"신문에서 봤어."

"다들 엄청 비웃었다?"

"봤어. 적어도 비웃지 않는 내가 있잖아."

"그래. 그럼 되었지."

둘은 같이 잔잔한 웃음을 터트렸다.

솔은 데인에게 양해를 구한 후, 리더스와 저녁을 같이 먹으며 못다 한 이야기를 했다. 그리고 리더스가 그릇을 치우고 있을 때, 솔이 고민하다가 먼저 입을 뗐다.

"나, 좋아하는 사람이 생겼어."

"그래?"

"내 가족에 포함되는 사람이야."

"그렇구나."

리더스는 잠시 눈을 감으며 가만히 서 있었다. 그리고 솔을 바라보며 말했다.

"그거, 정말 잘된 일이다."

"고마워."

"나는… 약혼을 파기했어. 나야말로 조금 더 고민해 보려고."

솔의 눈이 살짝 커졌다. 리더스는 생각보다 많은 일을 겪고 돌아왔다. 그리고 그의 얼굴은 조금 변했다. 열여섯 살, 교회에서 2년 만에 리더스를 마주했던 것과 비슷한 느낌이었다. 하지만 낯섦과 당황스러움이 가득했던 그때와 달리, 지금은 안도감으로 차 있었다. 아마 리더스가 2년 전에 받았던 느낌일 것이다. 리더스는 그릇을 집어 들며 말했다.

"나도… 내 집을 다시 찾아봐야 할 것 같아. 나 반년 동안 엄청 고민 많이 했어."

"그거, 멋있다. 응원해."

솔이 할 수 있는 말은 두 마디밖에 없었다. 리더스는 다시 그릇을 치우기 시작했다. 그러다가 아, 하고 뒤로 돌아보았다.

"내일 에플로레스 양이 10시까지 저택 뒷문으로 찾아와달래."

릴리와는 편지를 어제까지도 주고받고 있었기에, 솔은 고개를 갸우뚱거렸다. 이틀 뒤, 런던을 떠난다고 했다. 그런 바쁜 시기에, 갑자기 솔을 부르는 이유는 무엇일까.

"왜?"

"나한테도 이유는 알려주지 않았어."

"일단 알았어, 고마워."

리더스는 솔을 보며 말했다.

"그런데 그레이브스 씨네 일하러 갈 때 아니야?"

"아, 리더스…. 그레이브스 씨는…."

솔은 담담히 고개를 숙였다. 장례식이란 말을 입에 담고 싶지 않았다. 그의 마지막은 소박하게 데인과 둘이 마무리 지어주려 했다. 그레이브스는 모르는 사람이 자신의 장례식에 오는 것을 싫어했을 것이다.

"다른 일자리를 찾아보려고."

"아, 그렇구나."

그 뒤로 솔은 아무 말도 하지 않았다. 리더스와는 편안한 침묵이 오갔다.

솔은 이른 아침, 웅장한 에플로레스 저택을 찾았다. 솔의 옷차림에 경비원들은 그녀를 내쫓으려 했지만, 릴리의 환영에 결국 뒷문으로 그녀를 들여보냈다. 릴리 또한 그녀와 함께 걸어갔다.

"솔, 이게 얼마 만이야! 반가워."

"릴리, 계속 편지 썼잖아요."

"그렇지만 직접 보는 거는 다르지. 내가 너한테 줄 선물이 있어. 들어볼래?"

"네."

릴리는 들떠 보였다.

"교회 사람들 네 명이 크리스마스에 여기로 올라온다는 거야. 교회에 아이들이 많아졌대. 그리고 목사 견

습생도 많아져서, 그 애들한테 크리스마스 날 교회를 맡겨보겠대. 내가 기찻값과 여관비를 대주기로 했어."

"정말로요?"

인느 목사를 지난 크리스마스 날에 못 봐서 마음에 걸렸던 차였다. 라일락 인느가 이곳에 온다는 게 마음에 걸렸다. 아마 아직 라일락의 사과에 대한 답을 안 했기 때문일 것이다. 그리고 라일락은 전 약혼자였던 리더스가 있는 집을 왜 찾아오겠다고 한 것일까?

"정말, 너무너무 행복해요. 릴리는 왜 이렇게 저한테 잘해주세요?"

"네가 좋으니까. 내 가족…이라 생각하니까."

릴리가 작게 말했다. 릴리는 가족이란 말을 할 때 조금 눈을 조금 키웠다. 2년 전까지만 해도 가족이 없다는 사람이었다. 솔은 작게 웃었다.

"저도 릴리가 제 가족이라 생각해요."

"그런데, 오늘은 조금 다른 이유로 불렀어. 너 예전에 교회에 있을 때 잭 기억나?"

솔은 조금 얼굴을 찌푸렸다. 딱히 좋은 기억이 아니었기 때문이다.

"네, 기억하죠."

"그가 널 보고 싶대."

솔은 순간 자신이 잘못 들은 줄 알았다.

"저를요?"

"그래. 들어보면 알 거야."

릴리는 그 말과 함께 응접실을 나갔다.

솔은 한참 동안 기다렸다. 솔 또한 용기가 나지 않았기에 잭과 솔 둘 다에게 필요한 시간이었다. 자신을 싫어했던 사람. 꿈보다는 돈과 사랑을 택했던 사람. 아무 이유 없이도 누군가를 싫어할 수 있구나 깨닫게 해준 사람. 그는 솔을 만나서 무슨 이야기를 하려는 걸까. 용서를 빌려는 걸까. 변명을 하려는 걸까. 아니면 죄책감을 덜고 싶어서일까. 무엇이든 듣고 싶지 않았다.

한 남자가 문을 열고 들어왔다.

뚜벅뚜벅.

솔은 바닥에서 눈을 떼지 않았다. 보고 싶지 않았다.

솔의 눈앞에서 검은 구두가 멈췄다.

솔은 천천히 고개를 들었다.

분칠을 하고, 흰 가발을 쓴 모습. 레이스가 가득 달린 옷에, 잔뜩 부풀어 오른 소매와 옷깃. 형형색색의 바지와 윗옷. 그러나 얼굴은 잭이었다. 시골 청년의 찢어진 바지와 흙 묻은 손은 사라져 있었다. 순박함이 화려함에 처참하게 몰락당한 잔인한 현장이었다. 어쩌면 세상에서 제일 잔인한 모습을 그리라면 화가가 그를 그리지 않았을까 싶다. 여러 번 부딪혀 상처투성이인 순순했던 얼굴이 형형색색의 옷들로 그 빛깔이 가려져 있었다. 축 처진 입꼬리까지 그의 모습은 불쌍하게 보이기까지 했다.

솔은 인사하지 않았다.

"이텔, 안녕."

솔은 교회에서 한 번도 본명을 말한 적 없었다. 가끔 리더스는 그렇게 부르곤 했지만, 잭이 그걸 듣고 기억했을 리가 없다. 잭은 솔에게 별 관심이 없었으니.

"네."

"오랜…만이네."

어색한 침묵이 오갔다. 잭은 사교성이 좋았다. 그러나 이 순산반금은 입을 열려 하지 않았다. 솔도 잠시 그를 바라보다가 눈을 내렸다.

솔은 그를 보고 아무 생각도 안 들 줄 알았다. 오히려 마음이 복잡해졌다. 순박한 청년은 아예 다른 사람이 되어 있었다. 꿈을 버린 자의 최후일까, 그의 옛 모습은 남아 있지 않았다. 그는 과연 행복할까. 분칠로 가득한 얼굴 뒤로는 그 무엇도 보이지 않았다. 텅 비어 있었단 말이다. 그의 눈은 공허했다. 솔은 그를 좋아하지 않았지만, 그가 교회를 나갈 때 가졌던 눈을 기억했다. 빛나고, 초롱초롱하던 눈이었다. 대체 무엇이 그를 저렇게 만들었는가. 안타까움 따위가 아니었다. 당황스러움이었다.

"런던에… 산다고 들었어. 괜찮은 곳이니?"

솔은 그를 이해할 수 없었다. 지금 대체 그가 무슨 말을 하는 건가. 자신에게 안부란 걸 전하고 있는 것인가. 그는 왜 그러는 것일까. 솔은 대답할 수 없었다.

"하…. 그래…. 내가 뒤늦게 무슨… 노릇을 하겠다고…. 무슨… 자격이 있다고."

잭은 씁쓸해 보였다. 솔은 횡설수설하는 그를 보며 뒤돌아 떠나려 했다.

"잠깐만… 내가… 너, 너의…."

솔은 그제야 그를 보았다.

"아버지야."

무슨 소리를 하는 것인가.

당신 대체 무슨 말을 하는 것인가.

솔은 그를 비웃었다. 재미있는 농담을 한다고 생각했다. 아니, 그런 비슷한 걸 한다고 믿고 싶은 것 같았다.

"당신… 미쳤어요? 지금 장난치자고 불렀어요? 날 고아라고 욕하고 싶어서?"

미친 듯이 웃는 솔의 눈에서는 눈물이 흘렀다. 솔은 웃었다. 웃는 것 말고는 할 것이 없었다.

웃었다. 그를 보았다. 웃었다…. 농담이 아니었다. 그의 눈은 진실을 말하고 있었다.

"20년 전에… 떠났어…. 그녀가 아이를 가지고 있는 줄 모르고 난 항해를 나갔어…. 시절 인연이라 생각한 거지…. 선원 노릇을 계속하다가… 4년 만에 포츠머스로 돌아왔는데… 넌 사라졌더라. 그녀는 매일매일 미쳐갔어…. 자신이 아이를 잃어버렸다고…. 돌아온 나를 알아보지도 못하더군…. 이 모든 게… 내가 너희를 떠나서 그랬던 거야…. 그녀는 혼자 목숨을 끊었어…. 내가 왜 교회로 갔는지 알아? 평생을… 속죄하기 위해서였어."

솔은 분노에 잭을 보면서 말했다.

"제 아버지 맞아요? 확실해요?"

"포츠머스에 여자 동양인은 해님밖에 없었을 거

야…. 너는 그녀를 몹시 닮았어….”

“그러면 교회에서 썩을 것이지. 왜 이제 와서 나한테 말하는 거예요? 사랑 놀음 하니까 죄책감에 죽을 것 같았어요? 나를 교회에서 그렇게 무시했으면서, 부끄럽지도 않아요?”

잭은 눈물을 흘리고 있었다.

“널 직접 보니까…. 너무 그녀를 닮아서… 차마 널 제대로 대할 수가 없었어…. 널 볼 때마다 죄책감에 밤마다 잠을 잘 수가 없었어. 네가 싫었어. 사랑해야 하는데… 사랑하지도 못하겠더라. 내 잘못인데도… 널… 널 바보같이 미워했어. 난 아버지일 자격도 없어….”

솔은 벌떡 자리에서 일어났다. 들을 가치조차 없다고 생각했다.

“당신은 내 아버지인 적도 없고, 앞으로도 없을 거예요. 평생 그렇게 사세요. 머저리같이.”

잭은 고개를 푹 숙였다. 순박함, 사랑, 가족 모두 잃은 그에게 남는 것은 아무것도 없었다. 그는 집을 잃었다. 솔은 집이 있었다.

“난 가족이 있어요. 당신 따위랑 말씨름할 시간 없어요. 그리고 난 이제 역할이란 게 있어요. 당신이 무시

해도 되던 작은 아이가 아니에요. 당신 따위가 정할 수 없어요. 이제."

평생 모르는 게 나았을까. 그건 평생 모를 거다. 솔은 해야 할 말을 다 했다 생각했다. 그를 용서하지는 않을 거다. 그러나 그를 미워하지도 않을 거다. 그는 그럴 가치도 없는 사람이었다. 그는 이제야 완전히 '밖'에 존재하는 사람이 되었다.

"너의 이름은… 달님이었어…."

"내 이름은 이텔 솔이에요. 당신은 내 가족이 아니에요. 내 집이 아니에요."

남자는 숨을 헐떡거렸다. 죄를 고하려는 듯. 솔은 그 모습을 마지막으로 보고 뒤돌아 그를 떠났다. 나는 신이 아니었다. 당신과 달리 나는 당신을 심판하지 않을 것이다. 하찮은 인간이 전지전능한 신이 되기 위해 노력하지 않을 거란 말이다. 당신 같은 미숙한 결과를 내고 싶지 않았다. 당신이 나에게 가르쳐 준 유일한 것이었다.

"…미안해…. 미안해…."

말소리가 점점 작아졌다. 솔은 응접실을 나갔다. 가는 길에 릴리 에플로레스를 마주했다. 크리스마스 날 무슨 음식을 준비할지 상의하며 복도를 걸어갔다. 솔은 잠시 뒤를 바라보았다.

"왜 그래?"

"아무것도 아니에요."

솔은 빠른 걸음으로 나아갔다. 화창한 하늘과 나른한 햇빛이 보였다. 솔은 릴리의 손을 잡고 한 발짝씩 나아갔다.

14.
집을 찾은 사람

크리스마스 날이었다. 리더스의 집에서 자리만 차지하던 8인용 식탁은 드디어 쓰임새를 찾았다. 리더스는 식탁보를 마련했고, 솔은 손수 냅킨을 접었다. 음식은 릴리가 함께 요리하자며 다양한 레시피를 솔에게 편지로 부쳤다. 인느 목사와 교회 사람들은 12시 기차를 탄다고 말했다. 데인 린치는 자연스럽게 솔의 초대로 식사에 참여하게 되었다. 그는 회의 때문에 조금 늦을 예정이었다.

솔은 쿠키를 구우며 여러 크리스마스를 떠올렸다. 에피, 리더스와 정어리, 건포도 빵을 먹던 어린 시절의 크리스마스. 정신없이 도망치던 크리스마스. 교회 사람들과 함께한 정신 없는 크리스마스. 데인과 함께했던 크리스마스. 그리고 끝내 오늘이 되었다.

솔은 크리스마스를 싫어했다. 모두 다 왜 기뻐하는지 이해하지 못했다. 그러나 손수 파티를 준비해 가며 조금씩 깨닫게 되었다. 사랑하는 사람들을 기다리는 기대감. 그들과 함께할 행복한 시간. 겉으로만 보던 크리스마스와 실제 크리스마스는 많이 달랐다.

조금 더 따뜻한 것이었다.

조금 더 가치 있는 것이었다.

솔은 이제 자신들의 가족들을 마주할 준비를 했다. 자신도 이제 당당하게 가족이라 부를 수 있는 사람들이 생겼다.

리더스는 연한 갈색 정장을 입고 있었다. 솔은 요번 년에 산 검은 드레스를 입었다. 어깨가 살짝 드러나고 유행하는 양식에 맞게 제작된 드레스였다. 솔이 자신을 위해 산 첫 번째 선물이었다.

시간은 빠르게 지나갔다. 하얀 드레스를 입고 식재료를 한가득 품에 등장한 릴리는 자신 있게 요리를 제안했다. 릴리와 솔은 몇 시간의 시행착오 끝에 드디어 먹을 수 있는 음식을 만들었다. 옆에서 보던 리더스가 한숨을 쉬며 로스트 치킨을 만들었는데, 솔과 릴리가 만든 것보다 훨씬 나아 보였다. 솔이 쿠키를 구워서 바구니에 넣어둘 때쯤, 인느 목사와 라일락, 질렛, 애벗 부인이 들어왔다.

"인 목사님!"

솔이 달려가서 그에게 안겼다. 인느 목사는 잠시 솔을 보다가 웃으면서 안아주었다. 라일락 인느는 릴리에게 정답게 인사했다. 솔은 라일락을 보았다. 레이스와 리본이 없는 수수한 옷을 입고 있었다. 라일락은 솔을 보고 조심스럽게 고개를 끄덕였다. 솔도 고개를 끄덕이고 지나갔다.

애벗 부인과 질렛은 하숙집에 대해 떠들다가 솔을 보고는 무척 반가워했다.

"솔, 이 마른 것 좀 봐라!"

애벗 부인의 한마디로 모든 게 시작되었다. 질렛과 애벗 부인은 식탁에서 한참 동안 솔에 대해 캐물었고, 교회 이야기를 들려주었다. 라일락 인느는 가만히 앉아서 그 모든 걸 들었다. 라일락도 무언가 달라진 모습이었다. 조금 더 차분하고, 말수가 적었다. 인느 목사는 리더스 이오니안과 소파에 앉아서 런던의 정치계에 대해 이야기했다.

"교회는 그래서, 지금 몇 명이 머무는 거예요?"

"우리는 원래 네 명이었당께. 근데 우리가 교회 활동도 많이 늘리고, 예배도 더 늘렸수. 그랬더니 막 여섯이 지금 더 들어와서 열 명 가까이 된당께!"

"애들도 셋이나 있어. 딱 너 어릴 적 같은 애들이."

애벗 부인이 솔의 손을 꼭 쥐며 말했다. 솔이 장난스럽게 물었다.

"저 같으면 안 좋은 거 아닌가요."

질렛은 사뭇 진지하게 덧붙였다.

"솔, 니는 니가 몰라서 그랗지. 참으로 어여쁜 아이였수."

솔이 멋쩍게 웃자 질렛은 솔의 손을 잡으며 말했다.

"그리고, 착했소. 내가 본 애들 중 제일 천사 같았소."

착했다라, 자신이 그랬는지는 잘 모르겠다. 옛날은 기억도 잘 나지 않는다. 하지만 그들이 자신에게 좋은 사람들이라는 것은 확실했다. 자신의 겉이 아닌 속을 봐준 사람들. 어느새 자신이 교회 사람들을 가족으로 생각하고 있었다. 어릴 적과는 달리.

그의 손은 따뜻했다. 누군가를 평온하게 만드는 힘이 있는 손이었다.

긴 대화는 릴리 에플로레스가 앞치마를 풀며 음식

준비가 끝났다고 알려 끝을 맺었다. 릴리는 처음으로 부엌일을 해본 티를 팍팍 내고 있었다. 밀가루 가루가 앞치마에 가득했고, 버터 냄새와 빵 냄새가 그녀 주위를 감쌌다. 그들 중 제일 화려한 드레스를 입고 있었지만, 릴리는 까르르 웃었다.

"음식 끝났어요! 이제 먹죠."

"에플로레스 양, 너무 감사해요. 당신들 덕분에 교회가 살아났어요."

처음부터 교회까지 후원할 필요가 없었다. 리더스가 두 달을 머문 뒤 떠난 후에도, 계속 교회를 아껴준 것은 온전히 릴리 선택이었다. 분주히 아침 식사 준비를 하는 따뜻한 교회 사람들을 더 지켜보고 싶다는 게 첫 생각이었다. 특별하지도, 별 볼 것도 없는 모습이었지만 자신에게 없는 것이었다. 그 소리와 공기가 처음으로 부럽다는 감정을 만들어내었다. 결국 그 생각이 가족을 만들어 주었다.

"별말씀을요. 전 옷 좀 정리하고 올게요. 먼저들 드시고 계세요."

릴리는 방 안으로 잠시 사라졌다. 솔은 교회 사람들을 식탁에 안내한 후, 라일락 인느를 잠시 밖으로 불렀다. 그녀는 긴장한 듯 천천히 솔을 따라갔다.

둘은 건물 계단에서 마주 섰다.

"오랜만이야."

이제 라일락 인느에게 답을 줄 수 있을 것 같았다. 라일락 인느는 아버지에게 버림받았다. 과거의 솔과 달리, 지금의 솔은 라일락을 조금이나마 이해할 수 있었다. 이제 솔도 누군가를 진심으로 사랑할 수 있게 되었으니까. 그 사랑하는 사람을 잃으면 얼마나 아픈지 아니까.

"용서해. 크리스마스 날 와줘서 고마워."

솔의 입에서는 생각보다 쉽게 용서라는 말이 나왔다. 물론 크리스마스 분위기 때문일 수도 있다. 상관없이, 지금 당장의 솔은 라일락을 용서하고 싶었다. 그럼 된 거 아닌가. 라일락의 눈이 조금 커졌다. 아무 말 없이 바닥을 내려보다가 솔을 바라보았다. 그리고 처음으로 솔을 향해 웃었다.

"고마워, 솔."

"음식 식겠다. 어서 가자."

라일락과 솔이 돌아가려 하자 리더스 이오니안이 천천히 나왔다. 솔은 그를 힐끗 보았다. 그리고 먼저 방으로 들어갔다. 약혼에 관해선 리더스를 통해 들은 것이 전부였기에 정확한 사정은 몰랐다. 하지만 그들도 풀어야 할 무언가가 있다는 것은 알았다.

리더스의 말소리가 희미하게 들렸다. 무엇인지는 들리지 않았다. 긴 침묵이 있다가 라일락의 목소리가 또렷하게 계단을 울렸다. 용서한다는 말소리였다. 문을 열고 들어온 그들의 표정은 어딘가 편해 보였다.

마지막으로 데인 린치가 뒤늦게 등장했다. 솔은 문을 열어 웃으며 데인을 보았다.

"좀 늦었다. 그치."

"수고했어, 오느라."

데인은 솔의 손을 쥐고 걸어 들어갔다. 솔의 옆자리는 이미 인느 목사와 릴리 에플로레스가 채우고 있었다. 릴리 에플로레스는 고개를 까닥였다. 데인은 바로 몸을 숙였다. 둘 사이 미묘한 시선이 오갔다. 솔은 그것을 보며, 릴리가 무언가 꾸미고 있다는 것을 알아냈다. 하지만 조용히 넘어가기로 했다.

데인은 머쓱하게 식탁에 앉았다. 하필 그 자리가 리더스의 옆이었고, 그는 따가운 눈길을 데인에게 보냈다. 이웃으로 산 지도 몇 주가 되었는데, 정작 둘 다 서로를 무시하는 사이였기 때문이다. 솔을 통해서, 정치적 소문을 통해서, 둘은 서로를 잘 알고 있었다. 불타는 작은 혁명가와 냉철한 정치인은 서로를 의식하기에 바빴다. 데인과 리더스 둘 다 어른 속에서 살아온 사람들이었기에 신경전에 강했다. 데인이 리더스를 바라보며 무어라 말하려 하자 릴리가 의자를 끌고 왔다.

"얘들아 밥이나 먹을까? 솔, 여기 좀 와서 얘들한테 닭요리 먹는 법 좀 알려줘."

싱글벙글 웃으며 다가온 솔에 둘 다 입을 다물고 살벌한 미소를 띤 채 음식을 먹기 시작했다.

식사는 오랫동안 진행되었다. 솔은 태어나서 처음으로 이렇게 긴 식사를 해보았다. 정다운 대화가 오갔고, 사람들은 서로 말하기에 바빴다. 방 안은 무척 작았지만, 오히려 온기가 무르익어 가기에 바빴다. 데인은 솔에게 커다란 장미 꽃다발을 선물했다.

"이게 뭐야 데인?"

"뭐, 아니, 지난번 크리스마스를 제대로 못 챙긴 것 같아서."

솔은 눈을 동그랗게 뜨고 꽃다발을 보다가, 데인을 보았다. 그리고 조용히 말했다.

"나 꽃다발 받아본 거 처음이야."

"앞으로 자주 해줄게."

솔은 데인을 안았다. 꽃잎이 두 사람 사이를 흩날렸다. 빨간 머리칼과 꽃잎이 구별되지 않았다. 새싹이 가슴에 자리했다가 개화한 기분이었다. 눈물이 날 것 같이 감동적이다가도, 아름다운 이상한 감정이었다.

솔은 그제야 주위를 바라보았다. 밝게 웃는 사랑하는 가족들, 따스한 공기만 가득했다. 그리고 자신이 안에서 숨 쉬고 있었다. 천천히 지난날들을 생각했다. 집을 잃은 것을 시작으로 정착지 없이 떠돌던 날들. 아팠던 경험들이 결국 하나의 목적지로 안내했다. 집. 인간적인, 고독하지 않은 곳. 내가, 편안히 웃을 수 있는 곳. 사소한 찰나로 영원을 말하게 하는 곳. 가슴 속에서 숨쉬며 지칠 때마다 힘을 주는 곳.

에피의 팬던트가 목 아래에서 반짝였다. 마치 무언의 미소를 지으며 조용히 그녀를 응시하고 있는 것 같았다.

"솔을 위해 건배할까요?"

인느 목사가 포도주를 조금 담으며 말했다. 다들 유리잔을 들었다. 솔은 그들을 보았다. 어쩌면 잔인한 세상에 버림받은 사람들이었다. 인간성 없는 사회에서 허둥대던 자들이었다. 그러나 그들은 솔의 가족이었다. 모났다고 버려졌던 자들이, 모나서 빛을 내고 있었다. 보고만 있어도 웃음이 나고, 포근하고, 기분이 좋아졌다. 솔은 잔을 올리다가 멈칫하고 생각했다.

아, 이게 집이구나. 내가 집을 찾아냈구나. 별거 아닌 것이 빛이 났다. 집에 활기가 돌았다. 인간다운 집이었다.

완벽하지 않아도, 특별하지 않아도 무너져 내리지 않을 집. 내가 생각하는 나의 집. 나의 모든 것을 담은 집.

솔은 빛나는 잔들 사이에 자신의 잔 또한 들어 올리며 말했다.

"집을 찾은 당신들을 위해."

에필로그

"그래서 무엇을 하고 싶으시다고요?"

네모난 안경을 쓰고 있는 남자가 되물었다. 깐깐해 보이는 30대가량의 남자는 다리를 꼬고 그녀의 원고를 유심히 보고 있었다.

"책을 내고 싶어요."

푸른빛의 긴 드레스를 입은 여자는 미소를 지었다. 챙이 넓은 모자 아래에서는 우아한 미소가 번졌다. 목에는 투박한 빨간 목도리와 녹슨 펜던트가 걸쳐져 있었다. 한 손에는 구겨진 신문을 쥐고 있었다. 아까까지 유심히 보던 신문의 1면에는 갈색 머리의 젊은 정치인 사진이 걸려 있었다. 총선에서 승리하며, 모두의 환호를 들은 연설을 해냈다는 기사였다.

"이번만 다섯 번째요. 이게 팔릴지는 잘 모르겠군. 이 세상에 이런 이야기를 듣고 싶어 하는 사람이 있을지. 여자가, 동양인이, 주인공인."

여자는 머쓱한 웃음을 지었다. 구석에서 검은 고양이가 동조하듯 작게 울음소리를 냈다.

"이런 이야기도 하나쯤은 있어야 하지 않을까요. 멋진 사람들만 주인공이 되라는 보장은 없잖아요."

"내 사장과 마지막으로 이야기해 보리라. 여기서 끝나면 이제 없소."

남자는 한숨을 쉬며 말했다. 여자는 기쁨에 작은 웃음소리를 냈다.

"다섯 번이나 찾아오는 경우는 흔하지 않아서 말이지. 정이란 정은 다 들었군. 그나저나 당신은 누구요?"

긴 드레스를 끌고 나가려는 참이었다. 허리를 꼿꼿이 세운 여자는 품위 있는 미소를 지었다.

"이델 솔이에요."

솔의 눈은 환하게 반짝이고 있었다.

"솔 양, 다음 주 안에 연락을 드리겠소."

사람들의 웅성거림과 말 울음이 파도처럼 밀려왔다. 남자는 그 소리에 묻히듯 조용히 한숨을 흘렸다.

"하여튼, 런던이 살기 좋은 곳은 아니지 않소? 집이란 생각은 들지도 않으니."

"그런가요?"

솔은 목도리를 고쳐 매며 말했다.

"사람에, 동네에, 참으로 별로인 것들만 가득 찬 곳이오."

남자는 투덜거렸다.

"언젠가… 집을 찾으셨으면 좋겠네요."

문고리의 금속 냄새가 남았다. 손가락 끝이 차갑게 얼어붙은 듯했다. 소란스러운 시장 거리를 지나서 기차역으로 향했다. 뿌연 안개에 노릇노릇한 빵 냄새와 사람들의 말소리로 채워진 곳이었다.

"잘 다녀와."

"연락할게, 오랜만에 만나는 거라 긴장되네."

빨간 머리 남자는 초조한 표정으로 가방을 놓았다 잡기를 반복했다.

"네 동생들은 좋아할 거야. 어서 가, 곧 출발하겠다."

"다녀올게."

남자는 뛰어 기차 안으로 들어갔다. 오랫동안 빨간 기차가 움직이는 모습을 바라보았다. 커다란 기차는 뿌연 연기를 내뿜으며 암흑 속으로 사라졌다. 사람들이 사라진, 공기조차 숨을 죽이는 듯한 기차역. 사그락 사그락 구겨진 종이 소리가 적막함을 채우듯 울려 퍼졌다. 화려한 필체로 적힌 편지지 하나를 꺼내 들어서 벤치에 올려두었다.

마지막으로 가방에서 낡은 갈색 노트 하나가 나왔다. 어릴 적에 쓰던 것을 며칠 전에 창고에서 찾았던 것이다. 솔은 살며시 미소를 지으며 검은색 펜을 들었다.

오늘의 집

펜 끝이 잠시 머뭇거렸다. 검은 고양이가 발목에 몸을 비비고 지나갔다. 자신의 웃음과 닮은 꼴이었다. 고양이는 저만치 있는 검은 고양이들 사이로 뛰어갔다. 솔은 미소를 지으며 마저 끄적였다.

오늘의 집: 시작

모든 이야기는 해피엔딩으로 끝나지 않으니까. 적어도 자신의 이야기는 그랬다. 모난 집으로 향한 여정을 다시 시작할 차례였다.

따뜻한 바람이 목 주위를 감쌌다.

고요한 기차역에서는 낡은 종이 소리만 울려 퍼졌다.

모난집

초판 1쇄 발행 2025. 12. 18.

지은이 구본아
펴낸이 김병호
펴낸곳 주식회사 바른북스

편집진행 황금주
디자인 최다빈
마케팅 송송이 박수진 박하연

등록 2019년 4월 3일 제2019-000040호
주소 서울시 성동구 연무장5길 9-16, 606호 (성수동2가, 블루스톤타워)
대표전화 070-7857-9719 | **경영지원** 02-3409-9719 | **팩스** 070-7610-9820

•바른북스는 여러분의 다양한 아이디어와 원고 투고를 설레는 마음으로 기다리고 있습니다.

이메일 barunbooks21@naver.com | **원고투고** barunbooks21@naver.com
홈페이지 www.barunbooks.com | **공식 블로그** blog.naver.com/barunbooks7
공식 포스트 post.naver.com/barunbooks7 | **페이스북** facebook.com/barunbooks7

ISBN 979-11-7263-723-1 43810